納尼亞傳奇

最後的戰役

The Last Battle

C.S.路易斯 —— 著

林靜華 —— 譯

《納尼亞傳奇》是你永遠的朋友！

每一個小孩，與每一個心智仍舊年輕的大人都應該讀C.S.路易斯聞名於世、深受兒童喜愛的這部經典之作——《納尼亞傳奇》。我個人深感榮幸，也極欣喜向各位介紹這套《納尼亞傳奇》。書中會說話的動物、邪惡的魔龍、魔咒，國王、皇后、與王國陷在危險之中，矮人、巨人、和魔戒將帶領你進入不同的世界——就是納尼亞王國的世界。

經由神奇的魔衣櫥，進入了納尼亞王國，一個動物會說話、樹木會歌唱、人類與黑暗勢力爭戰的地方。與故事主角彼得、蘇珊、愛德蒙和露西做朋友，一同看他們是如何作生命中重大的決定，從小孩成長為王國裡的國王與皇后。認識全世界最仁慈、最有智慧、也最友善的獅子——亞斯藍，他是犧牲奉獻愛的化身，也希望成為你的朋友。

《納尼亞傳奇》系列叢書將對你的生命產生積極正面的影響，字裡行間充滿了智慧、溫馨與刺激，主題涵蓋了愛、權力、貪婪、驕傲、抱負與希望。書中描寫了善惡之爭，並為世界中所常見的邪惡提供了另一個道德出路。這套書不單是給兒童看的，也適合大人閱讀，而且值得一讀再讀，細細品味。這些書不僅會喚醒你的道德想像力，也將帶給你許多年的樂趣，我鄭重向您推薦《納尼亞傳奇》。

快加入這個旅程吧！一同來探索魔衣櫥裡的世界！我希望你會和我一樣喜愛這套書。

彭蒙惠

《空中英語教室》及救世傳播協會創辦人

Every child and every person who is young in heart should read C.S.(Clive Staples) Lewis?famous and beloved childrenís classics, The Chronicles of Narnia. With great pleasure and delight I introduce you to The Chronicles of Narnia. Talking animals, wicked dragons, magic spells; kings, queens and kingdoms in danger; dwarfs, giants, and magic rings that will whisk you to different worlds--this is the world of Narnia.

Journey through the magical wardrobe into the land of Narnia, a place where animals talk, trees sing, and humans battle with the forces of darkness. Become friends with Peter, Susan, Edmund, and Lucy as they make hard choices about life and mature from children into kings and queens. Meet Aslan, the kindest, wisest and friendlies lion in the world, the figure of sacrificial love, who also wants to become your friend.

The Chronicles of Narnia will make a positive influence on your life. Witty, heartwarming, and exciting, they deal themes such as love, power, greed, pride, ambition, and hope. They portray the battle between good and evil and offer moral alternatives to the evil that is so often present in this world. These books are not just for children, but for adults as well. Read them, savor them, and then reread them again. These books will awaken your moral imagination as well as bring you many years of pleasure. I strongly recommend The Chronicles of Narnia.

Embark on this journey--discover the wardrobe.
I hope you will enjoy them as much as I have.

Most Warmly,

Dr.Doris Brougham
Founder/International Director
Overseas Radio and Television Inc./ Studio Classroom

越往上爬、越往深處走，
萬事萬物便越寬廣，
內涵永遠比外表更偉大。

目錄 CONTENTS

1
大鍋湖畔

大鍋湖是納尼亞西部邊境懸崖邊下的一座大湖，
大瀑布的水終年不斷地沖進湖中，形成震耳欲聾的轟隆聲，
納尼亞河就從湖的另一邊流出去。

納尼亞境內，燈野再過去的偏遠地方，有一座大瀑布，附近住著一隻猿猴。這隻猿猴已經很老了，老到沒有人記得他是何時來到這裡定居的。他同時也是你所能想像的最聰明、最醜陋、皺紋最多的猿猴。他有一間用木頭搭建的小屋子，屋頂上覆蓋著樹葉，高高地搭在一棵大樹上。他的名字叫做「席夫特」。那一帶森林很少見到能言獸、人類、矮人，或其他任何人，但席夫特有個朋友，也是他的鄰居，是一隻名叫「迷糊」的驢子。至少他們彼此都說他們是朋友，不過從相處的模式來看，你一定會覺得迷糊比較像是席夫特的僕人，而不是朋友。所有的勞動工作都是迷糊在做。他們一起去河邊時，席夫特會在皮囊中注滿水，但是由迷糊把它們背回家。當他們需要從很遠的下游城鎮載運東西回來時，也是迷糊馱著空簍子去，然後裝得又滿、又重地馱回來。迷糊馱回來所有好吃的東西，都是席夫特在吃；因為席夫特說：「哎，迷糊呀，我又不像你可以吃草和薊，所以我只好從其他方面補充營養啦。」這時候迷糊總是說：「當然，席夫特，那是當然的，我了解。」迷糊從不抱怨，因為他知道席夫特比他聰明多了，而且覺得席夫特對他太好了，願意跟他做朋友。何況迷糊只要有意見，席夫特總是說：「哎，迷糊，我比你還懂，你又不是不知道你不聰明。」這時迷糊就會說：「是啊，席夫特，你說得對極了，我的確『不』聰明。」說完便嘆口氣，乖乖去做席夫特交代的事。

某年年初的早晨，他們倆一起沿著大鍋湖畔走。大鍋湖是納尼亞西部邊境懸崖邊下的一座大湖，大瀑布的水終年不斷地沖進湖中，形成震耳欲聾的轟隆聲，納尼亞河就從湖的另一邊流出去。瀑布的水使得大湖永不停歇地翻滾、冒泡，彷彿燒開的滾水，這即是大鍋湖得名的由來。早春時節，雪水融化，從納尼亞邊境外的西方荒原山上——也就是納尼亞河的發源地——大量流下來時，湖水會格外洶湧。他們注視著大鍋湖，席夫特忽然用他那又黑又瘦的手指指向遠方說：

「看！那是什麼？」

「什麼？看什麼？」迷糊問。

「那個黃黃的東西，剛剛從瀑布流下來。看！它又出現了，在水中漂浮。我們得去看個究竟。」

「我們一定要嗎？」迷糊說。

「當然要，」席夫特說，「說不定是有用的東西，你行行好，跳進去把它撈出來，我們就可以看個仔細了。」

「跳進湖裡？」迷糊說，扭一扭他的驢耳朵。

「不進去撈怎麼看得清楚？」席夫特說。

「可是——可是，」迷糊說，「**你**自己進去不是更好嗎？因為，你看，是你自己想看它是什麼東西，我倒沒那麼想看。再說，你有手，看吧，你和人類或矮人一樣，拿東西很方便。我只有蹄子。」

「你真是的，迷糊，」席夫特說，「我沒想到你會說出這種話，我沒想到你會，真的。」

「怎麼？我說錯了什麼？」驢子怯生生地說，因為他發現席夫特很不高興，「我的意思是——」

「要『我』下水，」猿猴說，「你又不是不知道，猿猴的肺部多麼脆弱，多麼容易著涼！好吧，我**就**下去，我現在被這陣冷風吹得已經很冷了，不過我會下去的，說不定我這就死了，那時候看你會不會後悔。」席夫特說著，彷彿要哭出來似的。

「請別這樣，請別這樣，」迷糊說，半哀號地說，「我從沒這樣想，席夫特，真的沒有。你知道我很笨，一次只能想一件事，我忘了你的肺部很弱。當然是我下去才對，你不能下去，答應我，你不要下去。」

於是席夫特答應，迷糊便「喀噠、喀噠」的邁開四條腿，繞著湖邊的岩石，想找一個容易下水的地點。天氣寒冷不說，光是湖中洶湧滾動的湖水就不是開玩笑的，迷糊站在湖邊發抖，好不容易才下定決心，可是席夫特又在他身後大聲說：「迷糊，或許讓我自己下去好了。」迷糊一聽，趕緊說：「不，不，你答應不下去的。我這就下去嘍。」說著，便跳進湖裡。

大量的水泡沖上他的臉，他的嘴巴裝滿水，連眼睛也看不見了。他沉入水中好幾秒，再浮上水面時已經在湖的另一邊。湖裡的漩渦帶著他一直轉圈子，越轉越快，一直把他帶到瀑布下方，強烈的水柱又把他沖進水底，正當他快要窒息時，又浮出水面。他掙扎著，終於接近那個東西了，不料它又漂走，而且漂到瀑布底下，並且被瀑布的水沖到湖底。等它再度浮出水面時，它距離迷糊更遠了。

然而，當他累得半死，而且全身瘀青，又冷得全身麻痺時，他總算用牙齒咬住那個東西了。他用兩隻前腳纏著它，因為它很重，又冰又黏，就這樣很費力地把它弄上岸。

他把那個東西扔在席夫特面前，站著全身發抖、滴水，不停地喘氣，可是猿猴看也不看他一眼，也沒有問他好不好。猿猴只是忙著在那個東西四周繞來繞去，攤開來，拍拍它、聞聞它。然後眼中出現不懷好意的笑說：「這是一張獅子的毛皮。」

「呃——喔——喔——是嗎？」迷糊喘著氣說。

「我想……我想……我想——」席夫特自言自語，他很努力地在動腦筋。

「不知道是誰殺了這隻可憐的獅子，」迷糊說，「應該把它埋起來，我們應該舉行葬禮。」

「哎，它不是一隻能言獅。」席夫特說，「你不用**那麼**麻煩。過了瀑布，西方荒原那邊就沒有能言獸了。這張毛皮一定是一隻野生的笨獅子的。」

這倒是真的。幾個月前，西方荒原有個獵人，一個人類，殺了這隻獅子，並且把牠剝了皮。不過那不是我們這次要說的故事。

「一樣啊，席夫特，」迷糊說，「就算這張毛皮是屬於野生的笨獅子所有，我們難道不應該為它舉行一個莊嚴隆重的葬禮嗎？我是說，不是所有的獅子——呃，都很莊嚴神聖嗎？你知道的嘛，不是嗎？」

「你快別想那些了，迷糊，」席夫特說，「你知道思考並不是你的專長。我們把這張毛皮做成一件溫暖的大衣給你穿。」

「啊，我不要，」驢子說，「它會讓我看起來——我是說，其他的野獸說不定會誤會——我是說，我不想——」

「你在胡說些什麼？」席夫特說，像猴子一樣反手搔著身體。

迷糊說：「我覺得，如果像我這樣的笨驢打扮成獅子，這樣對偉大的獅子，對亞斯藍，會不太恭敬。」

「拜託，別再跟我爭辯了。」席夫特說，「你是一頭驢子，你懂什麼？你明知道你不擅長思考，我說迷糊啊，這種思考的事就交給我來做吧？你何不學學我？我就覺得我事事不如人，所以才叫你下水，因為我知道你來做會比我做得更好。可是現在我能做了，你何不放手讓我去做？難道我都不能做任何事嗎？公平一點，想一想。」

「噢，好吧，如果你要這樣說，就由你吧。」迷糊說。

「這樣吧，」席夫特說，「你最好小跑步，到河的下游七坪堡看看有沒有橘子或香蕉。」

「可是我好累，席夫特。」迷糊說。

「我知道，可是你不是又冷又濕嗎？」猿猴說，「你需要運動讓身子暖一暖，小跑步對你有益。何況今天七坪堡有市集。」之後迷糊自然答應了。

迷糊一離開，席夫特也立即離開現場，有時用兩隻腳、有時手腳並用，快速回到他住的那棵樹。他攀過一根樹枝又一根樹枝，一面在口中喃喃自語傻笑，一直到進入他的樹屋。他找出針線和一把大剪刀；他是一隻聰明的猿猴，矮人曾經教他縫衣服。他把圓球狀的線團含在嘴裡（因為線團很重），這使他的腮幫子鼓出來，好像含著一粒超大的太妃糖。他又把針銜在口中，左手拿著大剪刀，爬到樹下，然後蹣跚地走到獅皮旁，這才開始幹活。

他一眼便看出獅子皮的身體比迷糊大，但它的脖子又比迷糊短，因此他把身子的部分剪下一大塊，準備用來給迷糊做領子。接著，他把獅頭剪開，把領子的部分接在頭與肩膀中間，再把兩邊用針線縫好、固定好。然後他又在毛皮的兩側留下一截線，以便替迷糊把胸口與肚子的地方綁緊。每當偶爾有一、兩隻鳥從頭上飛過去，席夫特就會停下手上的活兒，焦急地抬頭往上看。他不想讓任何人看見他在做什麼，不過他看見的鳥都不是能言鳥，所以沒關係。

到了傍晚，迷糊回來了。他沒有小跑步，只是慢條斯理地走，就像平常見到的驢子那樣。

下來。

「沒有橘子，」迷糊說，「也沒有香蕉。唉，我好累。」說著，便躺了

「過來試穿你的新獅子皮大衣。」席夫特說。

「唉，管他什麼大衣，」迷糊說，「明天早上再試。我今晚很累了。」

「你**真**沒良心，迷糊，」席夫特說，「你『累』了，那我呢？當你一整天都在下游散步的時候，我卻在辛苦地為你縫大衣。我的手又痠又痛，剪刀都握不住了，你不但不感謝，連看都不看它一眼，你一點都不關心，一點都不在乎，你——你——」

「親愛的席夫特，」迷糊說著，馬上站起來，「我很抱歉，我太不應該了，我當然喜歡它，它看起來好高貴，請你現在就替我穿上吧。」

「那你站好。」猿猴說。獅子毛皮很重，他幾乎拿不動，但是經過又拉又扯，哼哼哈哈地喘氣，總算把它披到驢子身上。牠在驢子的腹部下方用線綁緊，又把獅子的四條腿綁在驢子的四條腿上，尾巴也綁在驢子的尾巴上。迷糊的灰色大鼻子和長長的臉可以從獅子張開的大口看到外面。沒看過獅子

的人，乍看之下真會以為那是一頭獅子。沒看過獅子的人，如果不仔細看，或者光線太暗，或者迷糊不發出刺耳的驢叫，或者走路時不發出「喀噠」聲，那麼當他看到披著獅子皮的迷糊時，都會誤以為他就是獅子。

「你看起來好帥，真是帥，」猿猴說，「任何人此刻看到你，都會以為你是亞斯藍，偉大的獅子本尊。」

「那就完了。」迷糊說。

「不，不會的，」席夫特說，「每個人都會聽你的吩咐。」

「我又不要吩咐別人做事。」

「可是，想想看這會給我們帶來多大的好處！」席夫特說，「你得聽我的勸告。我會替你想一些合理的命令讓你發號施令，每個人都會服從你，即使國王也不例外。我們會在納尼亞主持正義。」

「現在不是一切都很好嗎？」迷糊說。

「什麼！」席夫特說，「一切都很好——那怎麼會沒有橘子和香蕉？」

「啊，你是知道的，」迷糊說，「沒有多少人——事實上，除了你之外，沒有人——喜歡吃那些東西。」

「還有糖也是。」席夫特說。

「嗯，是的，」驢子說，「如果有更多糖就更好了。」

「那不就結了？」猿猴說，「你假扮成亞斯藍，我來教你說。」

「不，不，不，」迷糊說，「千萬別說這種可怕的話，那樣是不對的，席夫特，我也許很笨，但是我還懂得這個道理。萬一真的亞斯藍出現了，我們怎麼辦？」

「我猜他會很高興，」席夫特說，「說不定是他故意把獅皮送來給我們，好讓我們來主持正義。再說，他**從不**露面，現在都不出來了。」

正說著，天上忽然響起一陣驚天動地的雷聲，把大地都震動了，猿猴和驢子一時都被震倒在地。

「看吧！」迷糊回過神後，驚慌地說，「這是一個不祥的徵兆，一個警告，我就知道我們在做一件邪惡的事。快快把我身上這個不吉祥的東西拿掉。」

「不，不，」猿猴說（他的腦筋動得很快），「這是一個好兆頭，我正想說假如真的亞斯藍有意叫我們這樣做，他就會用打雷和地震來暗示我們。我才正要說出來，預兆就先發生了。你一定要這麼做，迷糊，請你不要再和我爭辯了，你明知道你不懂這種事，一頭驢子哪懂得什麼兆頭呢？」

2

國王輕舉妄動

他們發現這些人不是有著美麗頭髮的納尼亞人，而是膚色黝黑、臉上長滿鬍鬚的卡羅門人……

大約三個星期後，最後一任納尼亞國王坐在他的狩獵小屋門外的一棵大橡樹底下。他時常在春暖花開的季節出來狩獵，那時便會在這間小屋住個十天、八天左右。那是一間低矮的茅草木屋，位於燈野的東部邊境，兩條河流的交會點附近。他喜歡住在這個清靜的地方，可以遠離市囂和煩人的凱爾帕拉瓦宮。他是逖里安國王，年齡在二十至二十五歲之間；他的肩膀已經長得很寬闊、強壯，他的四肢肌肉發達，但他的鬍子還很稀疏。他有一對藍色的眼珠，和一張毫無畏懼、誠實的面孔。

在那個初春的早晨，只有一個他最親愛的朋友陪伴著他，那就是獨角獸「朱爾」。他們彼此像兄弟一樣相親相愛，而且都曾在戰爭中救過對方。這隻高貴的獨角獸靠著國王的椅子站著，歪著頭，將他的藍色獨角在他雪白的身上摩擦著。

「朱爾，我今天都沒辦法工作或運動，」國王說，「我的腦子裡除了這個好消息外，再也不能思考其他任何事。你想我們今天還會再聽到其他消息嗎？」

「這是我們這個時代，或我們的父親、曾祖父的時代所聽過最好的消息，陛下，」朱爾說，「如果這個消息是真的話。」

「怎麼可能有假？」國王說，「一個多禮拜以前就有第一批鳥飛來告訴我們，說亞斯藍出現了，亞斯藍又來到納尼亞了。接著是松鼠來報訊，他們沒有看到他，但說他肯定是在森林裡。再來是鹿，說他親眼看見他，遠遠的，在月光下，在燈野那邊。再來是那個留鬍子的黑人，卡羅門的商人。卡羅門人，不是很在乎亞斯藍，不過那個人對這件事深信不疑。還有昨天晚上的，他也看見亞斯藍。」

「確實，陛下，」朱爾說，「我完全相信。如果我有點不信，那是因為我太高興了，高興得不敢相信那是真的。」

「是的，」國王嘆了一口氣，高興得有點顫抖，「這是我這輩子想都沒想過的事。」

「聽！」獨角獸說，歪著頭，豎起耳朵。

「是什麼？」國王問。

「馬走路的聲音，陛下，」朱爾說，「馬走路的『喀噠』聲，一匹很重的馬，一定是人馬。您看，他來了。」

一隻高大、蓄著金色鬍鬚的人馬，他的人頭上流著汗，栗色的馬身也淌著汗。他快速地來到國王跟前，停下來，鞠躬。「國王萬歲。」他的聲音像公牛一樣低沉。

「喂，來人啊，」國王轉頭對著小茅屋呼叫，「倒一碗葡萄酒給高貴的人馬喝。歡迎，倫威。你急急忙忙地趕來，是不是有什麼消息要告訴我們？」

一名侍者端著一個奇形怪狀的大木碗從屋子裡出來，遞給人馬。人馬舉起木碗，說：「我先敬亞斯藍和真理，其次敬國王陛下。」

他一口氣喝完木碗內的葡萄酒（那一碗足夠六個人喝），將它交還給侍者。

國王說：「倫威，你要帶給我們更多亞斯藍的消息嗎？」

倫威的表情嚴肅，微微皺著眉頭。

「陛下，」他說，「您知道我長久以來一直在觀察天象，因為我們人馬的壽命比您們人類還長，甚至比你們獨角獸還長，但是今年開春以來，我每天晚上都從天空看到我有生以來見過的最可怕的亂象。星象上並沒有說亞斯藍降臨，也沒有顯示和平或歡樂的跡象。就我所知，過去五百年來還不曾發生過像這樣會造成大災難的行星會合的現象。

「我認為有某種非常邪惡的東西籠罩著納尼亞，因此我趕來向陛下示警。但我昨夜聽到謠言，說亞斯藍已經來到納尼亞。陛下，請您千萬不要聽信這個謠言。這是絕對不可能的事，星象不會說謊，但是人類和野獸卻會說謊。如果亞斯藍真的降臨納尼亞，天上一定會出現預兆。如果他真的降臨，所有最好的星宿都會匯集在一起向他致敬。這完全是謊言。」

「謊言！」國王激動地說，「在納尼亞或這個世間，有誰如此大膽，敢撒這種謊？」他的手不知不覺按在他的劍柄上。

「這我就不知道了，國王陛下，」人馬說，「但我知道這個地球上有人會說謊；其他星球不會。」

「我在想，」朱爾說，「亞斯藍會不會不透過星象而以其他方式預告他的降臨？他又不是星宿的奴隸，他是它們的『造物主』，那些古老的傳說不都說『他』不是一頭馴良的獅子嗎？」

「說得好，說得好，朱爾，」國王大聲說，「正是這句話：『不是一頭馴良的獅子。』許多傳說都這樣說。」

倫威抬起頭靠向國王，正想進一步勸他時，三人都猛地抬起頭來，因為他們都聽到一陣迅速從遠到近的大喝聲。位於他們西側的森林非常茂密，因此他們看不見來者是誰，但他們立刻聽到那幾句話。

「喂！喂！喂！」那個聲音說，「各位親愛的父老兄弟姊妹們！各位神聖的樹木們！森林被遺棄了，斧頭在砍伐我們，我們都被砍倒了。大樹倒下了，倒下了，倒下了。」

最後一句「倒下了」剛說完，說話的人出現了。她的模樣像個婦人，但她的身材高大，她的頭和人馬齊高，但她的樣子也像一棵樹。如果你沒有見過樹精，你很難去描述，可你一旦看過，你絕對不會記錯——他們的顏色、聲音和頭髮，都大不相同。遜里安國王和兩頭野獸立刻認出，她是山毛櫸樹的精靈。

「救命啊，高貴的國王！」她高聲說，「救救我們吧，保護您的子民，他們在燈野砍伐我們，我的四十位兄弟姊妹已經都被砍倒了。」

「什麼，夫人！砍伐燈野的樹木？殺害那些會說話的樹木？」國王大聲說，跳起來拔劍，「他們如此大膽？是誰如此大膽？我以亞斯藍的鬃毛——」

「啊——啊——啊——」樹精靈斷斷續續哀號，彷彿極度痛苦似地矮下去，一次比一次矮下去，好像被人捶到地上，最後她忽然往旁邊一倒，彷彿被人砍去手腳。他們眼看著她倒在草地上不動，一會兒便消失了。他們都明白怎麼一回事，位於幾哩以外，她的樹全部都被砍倒了。

國王又傷心、又憤怒，好一陣子說不出話來。隨後他說：「來吧，朋友們，我們必須快快沿著河到下游去，看看是哪些惡棍幹的好事，我絕不饒他半個。」

「遵命，陛下。」朱爾說。

但是倫威說：「陛下，您在盛怒中，請您三思。這件事有點蹊蹺，假如河下游發生武裝叛變，我們三個人也敵不過他們。請您少安勿躁——」

「我十分之一秒也不能等待，」國王說，「不過，我和朱爾去的同時，請你快馬加鞭趕去凱爾帕拉瓦宮調來救兵。這是我的戒指，給你帶去作為信物。多帶一些武裝部隊，叫他們全部騎馬，還要許多能言狗，以及十位矮人（要最厲害的神射手），一隻豹子，還有石頭腳巨人，把這些生力軍盡快帶來。」

「遵命，陛下。」倫威說，轉身朝東邊的河谷飛快奔去。

國王跨著大步走，有時一面喃喃自語，一面握緊拳頭。朱爾緊跟著他，一語不發；因此四周十分安靜，只有獨角獸掛在脖子上的金項鍊發出微弱的叮鈴聲，和兩隻腳與四隻蹄子的腳步聲。

他們很快到了河邊，那裡有一條長著青草的小路：現在河流在他們的左邊，森林在他們的右邊。他們來到一個地面崎嶇不平，樹木一直長到河岸邊上的地方。那條路現在在河的南岸，他們必須過河。河水不深，只到遜里安的腋下，但朱爾（他有四條腿，走得比較穩）一直緊跟在他右側，替他阻擋強勁的水流。遜里安抱著獨角獸強壯的頸子，因此兩人都平安地過了河。國王還在生氣，所以一點都沒注意到河水很冷，不過他當然在過河之後，立刻小心地把背在肩上的寶劍擦乾。

現在他們繼續往西走，河水在他們右側，燈野在他們正前方。他們走了大約一哩，兩人都停下腳步，不約而同開口說話。國王說：「那是什麼？」朱爾則說：「瞧！」

「一艘木筏。」遜里安國王說。

果然不錯。六根巨大的木頭，都是新砍下來的樹幹，去掉枝葉，緊緊地綑綁在一起造成一艘木筏，正迅速地順著河水往下流。木筏前方有一隻水老鼠，拿著一根長篙撐著。

「喂！水老鼠！你在幹嘛？」國王大聲問。

「把木頭運去賣給卡羅門人，陛下。」老鼠說著，一手碰碰他的耳朵向國王行禮。如果有戴帽子的話，他就會碰碰他的帽簷。

「卡羅門人！」國王震怒，「你在說什麼？誰下令砍伐這些樹木？」

每年這個季節河水的水勢高漲，水流非常湍急，木筏很快從國王和朱爾的面前經過。但水老鼠還是回頭大聲回答：

「獅子下的命令，陛下。亞斯藍的命令。」他又說了些什麼，但他們已經聽不見了。

國王和獨角獸面面相覷，兩人都現出害怕的神情。

最後還是國王先開口，他低聲說：「亞斯藍，是真的嗎？他**有可能**下令砍伐聖木，殺害樹精靈嗎？」

「除非樹精靈犯了什麼滔天大罪——」朱爾喃喃說。

「可是，賣給卡羅門人！」國王說，「這有可能嗎？」

「我不知道。」朱爾難過地說，「他不是一頭**馴良**的獅子。」

最後國王說：「看來眼前這個險非冒不可。」

「也只有如此了，陛下。」獨角獸說。這時候他並沒有想到，就憑他們兩個單槍匹馬去冒險是多麼愚蠢的事；國王也沒有想到。他們都太氣憤了，以至於沒能再三考慮。他們這樣冒失的結果，終於給他們帶來危險。

國王說：「朱爾，我們的前途是好，是壞？我的心裡產生可怕的念頭，要是我們在今天結束以前就死了，我們可能還快樂些。」

「是啊，」朱爾說，「我們活太久了，世上最可怕的厄運降臨我們身上了。」他們停下腳步，一、兩分鐘後才又繼續往前走。

不久，他們聽到斧頭砍伐樹木的聲音，但他們眼前有塊隆起的高地，所以他們還沒看到任何東西。等他們爬到高地上頭時，他們便可以清楚地看見燈野了。國王一看，臉色立刻轉白。

就在這片古老森林的正中央——種植著金銀樹木的地方；一個來自我們世界的小孩，在很久以前種植「保護樹」的地方——已經被開出一條大道。那是一條很寬的路，就好像地面上裂開一條大口子，到處是很深的溝槽，是砍下來的樹木被拖到河邊所形成的。有一大群人在工作，還有抽動鞭子的聲音。許多馬在用力拖運木頭。國工和獨角獸最震驚的是，眼前這些人中，有一大半不是能言獸，而是人類。接著，他們發現這些人不是有著美麗頭髮的納尼亞人，而是膚色黝黑、臉上長滿鬍鬚的卡羅門人。卡羅門是亞成地再過去，越過沙漠再往南的一個殘暴的大國。

在納尼亞境內看見一、兩個卡羅門人——商人或使節——是稀鬆平常的事，因為近年來納尼亞與卡羅門兩國之間是承平時期。但逖里安不明白為什麼會有這麼多卡羅門人在這裡，還有他們為什麼砍伐納尼亞的森林？他握緊他的劍，把他的披風甩到左肩。兩人迅速來到這群人中間。

兩名卡羅門人正在趕一匹吃力地拖著一根樹幹的馬，國王抵達的時候，那根木頭正陷在很深的泥濘裡。

「拉呀，笨馬！用力拉，你這懶馬！」卡羅門人大聲斥喝，揮動鞭子。那匹馬已經用盡力氣了，他的眼球泛紅，口中不斷冒出白沫。

「用力，沒用的畜生。」另一名卡羅門人高聲喊，一面用皮鞭狠狠地抽著那匹馬。此情此景讓人看了心裡非常難過。

在這之前，逖里安一直以為這些馬是卡羅門人自己的馬，像我們的世界一樣的沒有智慧、不會說話的動物。雖然他也不願看到不會說話的馬被鞭策驅使，但他最關心的還是那些被砍伐的樹木。他無論如何都沒想到，竟然有人敢用暴力對待納尼亞的能言馬，更別提用皮鞭鞭打他們。當卡羅門人用鞭子抽打馬時，那匹馬用兩隻後腿站了起來，半尖叫著說：

「愚人，暴君！你沒看見我正在努力嗎？」

當逖里安發現這匹馬正是納尼亞的能言馬時，他和朱爾都被震怒沖昏了頭，完全忘了思考。國王高舉著寶劍，獨角獸低下頭，把角對著前方，兩人一起衝刺，瞬間，兩個卡羅門人已經倒地而死，一個被逖里安斬頭，另一個被朱爾的獨角刺中心臟。

3

狐假虎威的猿猴

正因為我很老，所以我才有智慧；

又因為我有智慧，所以亞斯藍才選我做他唯一的代言人……

「馬大師，馬大師，」迯里安一面開路，一面問道，「這些外國人為什麼會奴役你？納尼亞被征服了嗎？有戰爭發生嗎？」

「沒有，陛下，」能言馬喘著氣說，「亞斯藍降臨了，一切都是他的旨意，他下令——」

「小心，前方有危險，國王。」朱爾說。迯里安抬頭一看，幾個卡羅門人（中間還夾雜著幾隻能言獸）正從四面八方朝他們這邊衝過來。那兩個卡羅門人來不及吭聲就被殺死了，因此其他人過了好一陣子才發現，不過此刻他們都知道了，許多人手上都拿著彎刀。

「快！跳到我背上！」朱爾說。

國王翻身跳到他的老友身上，獨角獸轉身便跑。他們馬不停蹄地變換了兩、三次方向，過河，直到看不見敵人的行蹤。獨角獸邊跑邊大聲問：「陛下，往哪個方向？回凱爾帕拉瓦宮嗎？」

「停一停，朋友，」迯里安說，「讓我下來。」他從獨角獸身上下來，面向他。

「朱爾，」國王說，「我們做了一件不可原諒的事。」

「我們被激怒了。」朱爾說。

「可是，趁人不備殺害他們——沒有先向他們挑戰——而且他們手無寸鐵——唉！我們兩個是殺人凶手，朱爾，我會因此永遠感到慚愧。」

朱爾低下頭，他也很慚愧。

「還有，」國王又說，「能言馬說那是亞斯藍下的命令，老鼠也這樣說，他們都說亞斯藍在這裡，萬一是真的怎麼辦？」

「可是，陛下，亞斯藍**怎麼可能**下令去做如此可怕的事？」

「他不是一頭**馴良**的獅子。」逖里安說，「我們怎麼知道他會做出什麼事？我們已經成為凶手了。朱爾，我要回去，我要向卡羅門人棄械投降，請他們把我帶到亞斯藍面前，讓他來審判我。」

「您這是去送死，陛下。」朱爾說。

「你以為我會在乎亞斯藍把我處死嗎？」國王說，「我不在乎，一點也不在乎。這種死法難道不比亞斯藍降臨，卻不是我們一向信賴而且期待的亞斯藍更恐怖嗎？這就好像太陽終於出來了，可是出來的卻是一個黑色的太陽一樣。」

「我明白，」朱爾說，「或者就像你喝水，可是喝進去的卻是不像水的乾水。您說的對，陛下，這件事應該到此為止，讓我們回去自首吧。」

「用不著我們兩個都去。」

「如果我們彼此相親相愛，就讓我跟您一起去吧，」獨角獸說，「如果您死了，如果亞斯藍不是我們心目中的亞斯藍，我活著還有什麼意思？」

於是他們轉身一起走回去，兩人都傷心地流下淚水。

等他們回到現場，卡羅門人群體大聲喊叫，紛紛拿著武器向他們衝過來。但國王將劍柄朝向他們，交出他的劍，說：「我是納尼亞國王，如今是個不名譽的騎士，我現在要向亞斯藍自首，請帶我到他的面前。」

「我也要自首。」朱爾說。

膚色黝黑的卡羅門人將他們兩個團團圍住，他們身上散發出濃濃的大蒜和洋蔥味，他們的眼球雪白，襯著黧黑的臉龐狀甚恐怖。他們拿出繩索套住朱爾的脖子，把國王的劍取走，又將他的雙手反綁在身後。有一名沒有戴頭巾，卻戴了一頂頭盔的卡羅門人似乎是他們的領袖，他一把將逖里安的王冠搶下，快速藏進他的衣服裡。他們把這兩個人犯帶到山上的一處空地。

空地的正中央也是山的最高點，有一間樣子像馬廄的茅屋，屋頂上覆蓋著茅草。它的門緊閉著，門前的草地上坐著一隻猿猴。逖里安與朱爾一直期待能見到亞斯藍，對猿猴的事一無所知，因此看到猴子時都大惑不解。這隻猴子當然就是席夫特，但他此刻比他住在大鍋湖畔時更醜上一百倍，因為他打扮得非常花稍。穿著一件不合身的猩紅色外套，是矮人做的。後腳穿著一雙鑲上珠花的拖鞋，要掉不掉的，因為你知道，猴子的後腳其實也很像手。他頭上戴著一頂看上去好像紙做的皇冠。他的四周堆滿核桃和果仁，他不停地用牙去嗑果仁，然後把果核吐出來，還不時地掀開紅外套搔癢。

許多能言獸面向他，站在他面前，每個臉上都露出困惑與憂慮的表情。當他們看見被帶來的人犯時，都紛紛交頭接耳小聲議論。

「噢，尊貴的席夫特，亞斯藍的代言者，」帶頭的卡羅門人說，「我們把人犯帶來了，在偉大的太息神的應許下，憑著我們的武藝與勇氣，我們把這兩個可惡的殺人凶手活捉來了。」

「把那個人的寶劍給我。」猿猴說。於是他們把國王的劍，連同披掛寶劍的腰帶一起交給他，他接過後，立即掛在脖子上，這使他看上去更驢、也更醜了。

「等一下再來處置這兩個人。」猿猴說著，朝著兩人的方向吐出一枚果核，「我現在還有別的事，他們的事等一下再說。現在你們大家都聽好，我首先要說的是有關核桃和果仁的事。那個松鼠頭頭哪裡去了？」

「在這裡，陛下。」一隻紅色的松鼠說。他走上前，緊張地微微一鞠躬。

「哦，你就是？」猿猴輕蔑地說，「現在聽好，我要——我是說，亞斯藍要——更多核桃和果仁，你拿來的這些根本不夠，要再多送一些來，聽到沒？要比這些多一倍，要在明天天黑以前送來，而且不能有壞的，或小粒的。」

其他松鼠都氣憤地交頭接耳，松鼠頭頭便鼓起勇氣說：「請問，能不能讓亞斯藍親自下命令？我們能不能有這個榮幸晉見他——」

「不行，」猿猴說，「不過他很仁慈（雖然你們都不配），他會在今天晚上出來，那時你們都可以見到他，但是他**不會**讓你們全部擠在他身邊問東問西，你們想跟他說什麼，都必須先透過我：由我決定是否值得麻煩他。同時，你們這些松鼠最好都去找核果，千萬記得要在明天天黑以前送來，否則讓你們好看！」

可憐的松鼠一哄而散，彷彿有惡犬在後面追趕他們。這道新命令對他們而言是個可怕的命令。他們平時辛勤儲藏的核果，如今幾乎快被吃光了，而且已經交出去給猿猴的核果，遠比他們所能尋覓的更多。

這時群眾中響起一個低沉的聲音，那是一頭長著一對大獠牙、身上長滿粗毛的野豬。

「**為什麼**我們不能正式晉見亞斯藍，和他說話？」野豬說，「從前他出現在納尼亞時，大家都可以和他面對面說話。」

「你不相信？」猿猴說，「即使那是真的，時代也變了。亞斯藍說他以前對你們太心軟了，你明白嗎？他不再心軟了，這一次他要給你們教訓，他要教訓你們把他看成一隻馴良的獅子！」

在場的野獸紛紛發出低語和啜泣，緊接著而來的沉默比剛才的氣氛更悲慘。

「還有一件事你們必須知道，」猿猴說，「我聽說你們說我是一隻猴子，我不是，我是『人』，如果我看起來像猿猴，那是因為我很老了；正因為我很老，所以我才有智慧；又因為我有智慧，所以亞斯藍才選我做他唯一的代言人，他哪有可能和這麼多愚笨的動物說話。他會告訴我你們應該做什麼，再由我來告訴你們。你們最好聽我的勸告，加快腳步照他的吩咐去做，因為他最不能忍受的就是胡說八道。」

現場一片鴉雀無聲，只有偶爾傳出小熊的哭聲，和他母親的撫慰聲。

「另外還有一件事，」猿猴把一枚核果扔進口中，繼續說，「我聽一些馬在說：『我們快快把馱運木材的事做完，我們就可以重獲自由了。』哼，你們最好死了這條心，而且不光是馬，凡是有能力工作的，往後都要繼續工作。亞斯藍已經和卡羅門國王——我們的黑面朋友都稱他為『太洛帝』——談妥了，所有的馬、公牛和驢子都要被送去卡羅門工作、謀生——做一些載貨、拉車的工作，和其他國家一樣。其他會挖地洞的動物，像鼴鼠、兔子、矮人之類的，要去太洛帝的礦坑工作。還有——」

「不，不，不，」動物們大聲哭喊，「這不是真的，亞斯藍絕不會把我們賣給卡羅門人當奴隸。」

「沒這回事！大家安靜！」猿猴大吼一聲，「誰說去當奴隸來著？你們不會成為奴隸，你們會得到報酬，很高的薪水，換句話說，你們的工作所得會全部集中起來放在他的國庫中，然後他會用這些錢為你們謀福利。」說著，他朝卡羅門人的首領眨一眨眼。

卡羅門人首領彎彎腰，以卡羅門人誇大的語氣說：

「最賢明的亞斯藍代言人，太洛帝（願他長命百歲）在這項明智的計畫上，與閣下您的看法一致。」

「看吧！我就說嘛！」猴子說，「一切都安排好了，這都是為你們好，有了你們辛勤工作賺得的錢，我們便能把納尼亞變成一個能有更好生活的國家，到時會有更多橘子和香蕉源源不斷送進來——還有許許多多道路、大城市、學校、辦公室、鞭子、口罩、馬鞍、鐵籠、監獄、犯人——呃，等等。」

「可是我們不需要這些呀，」一頭老熊說，「我們要自由，我們要和亞斯藍本人說話。」

「你們不要再和我爭辯了，」猿猴說，「我最受不了唱反調。我是『人』，你只是一頭又肥、又笨的老熊，你懂什麼自由？你以為自由就是你愛做什麼就做什麼？那不是真正的自由，真正的自由是我叫你做什麼，你就做什麼。」

「嗄——」熊嘟囔著，抓抓頭，他實在不太懂。

「請問，請問——」一頭小綿羊抬高音量說，他還很小，大夥兒都很驚訝他有膽量開口說話。

「又怎麼啦？快說。」猿猴說。

「請問，」小綿羊說，「我不懂，我們和卡羅門人又有什麼關係？我們屬於亞斯藍，他們屬於『太息神』呀，他們有個神叫『太息』。聽說祂有四隻手臂和一個兀鷹的頭，他們殺死人類在祂的祭壇前獻祭。我不相信有『太息』這樣的神，不過假如那是真的，亞斯藍怎麼可能和祂做朋友？」

在場的動物都偏過頭，眼光全部注視著猿猴，他們知道這是一個最好的問題。

猿猴跳起來，對小綿羊啐了一口。

「小不點！」他咬牙切齒說，「愚蠢的小傢伙！回去找你媽吃奶吧。你懂什麼？不過你們其他人給我聽著，『太息』是亞斯藍的另外一個稱號，從前以為『我們都是對的，卡羅門人都是錯的』那一套是愚不可及的，現在我們明白了，卡羅門人雖然說的是另一種語言，但是意思是一樣的，『太息』和『亞斯藍』在你們聽來只是兩個不同的名稱，這也是他們永遠不會吵架的原因。聽清楚了，你這個笨瓜，『太息』就是『亞斯藍』，『亞斯藍』就是

『太息』。」

你一定看過「喪家之犬」的表情吧，想一想，此刻所有能言獸——那些誠實的、謙恭的、百思不解的鳥兒、熊、獾、兔子、鼴鼠和家鼠——的表情，比牠更悲慘。每隻動物都夾著尾巴，垂下觸鬚，看了這些表情真讓人心碎。其中只有一隻動物沒那麼傷心。

他就是大黃貓——一隻正當盛年的大公貓——他坐在所有動物的最前排，直挺挺地坐著，尾巴蜷在他的腳趾下。他自始至終都緊盯著猿猴和卡羅門隊長，眨都不眨一下眼睛。

這時大黃貓禮貌地開口了：「請問，我很想知道，你的卡羅門朋友也同意你的話嗎？」

「當然，」卡羅門隊長說，「這位有智慧的猿猴——我是說，『人』——說得對，『亞斯藍』正是『太息』。」

「也就是說，亞斯藍『不再是』太息神？」大黃貓說。

「不再是。」卡羅門隊長注視著大黃貓的臉說。

「這樣你明白了嗎，大黃？」猿猴說。

「明白了，」大黃酷酷地說，「多謝你，我只是想弄清楚，我想我開始了解了。」

在這之前，國王和朱爾都一直保持沉默，他們在等猿猴向他們問話，因為他們認為打斷他們的談話於事無補，但是現在逖里安望著一張張納尼亞百姓絕望的臉，看到他們都不得不相信亞斯藍和太息神是同一個人時，他再也忍不住了。

「猴子，」他大吼一聲，「你說謊，你太會說謊了，你和卡羅門人一樣會說謊，你和猿猴一樣會說謊。」

他本來要繼續說：一個嗜血恐怖的神祇太息神，怎麼可能和拯救所有納尼亞人的善良獅子是同一個人？假如他有機會開口，猿猴那天的真相就會被拆穿了；野獸們或許會察知真相而把猿猴推翻。可惜他沒來得及說下一句，兩個卡羅門人便用力打他的嘴巴，另外一個卡羅門人則從後面踢他的腳，使他倒在地上。猿猴見狀，立刻又驚又怕地吱吱叫：

「把他帶走，把他帶走，把他帶到聽不到我們談話的地方，或者我們聽不到他聲音的地方。把他綁在樹上，我——我是說，亞斯藍——等一下才審判他。」

4

那一夜，事情發生了

他不知道他所看見的並不是真正的亞斯藍，
他沒有想到亞斯藍看起來會如此僵硬，直挺挺站立著，
一語不發。可是，誰又知道呢？

國王被打昏後失去知覺，直到卡羅門人解開他手上的繩索，讓他直直靠在一棵梣木的樹幹上才甦醒過來。接著他們把繩索圈住他的腳踝、膝蓋、胸口，把他緊緊綁在樹幹上，之後便把他一個人扔在那裡。這一刻他最難過的是——我們往往對越細微的事越難忍受——他的嘴巴因為被打流血，一滴血水流下來弄得他很癢，他卻沒法子把它擦掉。

從他被綑綁的地方，仍然可以看到山上的馬廄和猿猴坐在門前。他也還能聽到猿猴不停地說話的聲音，群眾中也偶爾有人應答，但是無法分辨他們談話的內容。

「不知他們如何對待朱爾？」國王心想。

這時，群眾紛紛站起來，各自朝不同的方向散去。有一些動物從遜里安面前經過，他們看到他被綁在樹上，都現出害怕和抱歉的神情，但是不敢說半句話。很快地，大家都散了，森林陷入一片寂靜。一個小時又一個小時過去，遜里安先是感到很渴，接著又感到肚子很餓；下午過去了，黃昏來臨，他開始覺得冷了。他的背痠痛，太陽下山後，天色也慢慢變暗了。

當天色完全轉黑時，遜里安聽到一陣窸窸窣窣的腳步聲，他看見幾隻小動物靠過來，左邊的三隻是老鼠，中間是一隻兔子，右邊的兩隻是鼴鼠，他們身上都背著一小袋東西，因此他們的形狀在黑暗中顯得有些怪異，遜里安並沒有一下子就認出他們。不久他們來到他的面前，用後腳站立，將涼涼的前腳擱在他的膝蓋上，向他的膝蓋行動物特有的鼻子嗅吻禮（他們站起來的高度可以到達遜里安的膝蓋，因為納尼亞的能言獸體型比英國的同類動物更高大）。

「尊貴的國王！親愛的尊貴的國王！」他們用尖細的嗓子說，「我們為您感到難過，但是我們不敢替您鬆綁，因為我們怕亞斯藍會生氣。但是我們給您送晚餐來了。」

於是第一隻老鼠輕輕地沿著繩索爬到遜里安的胸口，他的鼻子就在遜里安的面前不停地顫動。接著第二隻老鼠爬上來，吊在第一隻老鼠下面，另外一隻老鼠則用兩條後腿站在地上。

「喝吧，陛下，這樣您就吃得下東西了。」最上面一隻老鼠說，遜里安發現一個小小的木頭杯子出現在他嘴邊。這個杯子只有一枚雞蛋大小，他幾乎還沒有嚐到葡萄酒的滋味，杯子就空了。但是老鼠把杯子傳下去，其他老鼠把杯子再裝滿後遞上來，逖里安一下子又喝光了，這樣連續幾次來回，逖里安也喝了不少，這樣一小口、一小口喝確實比一次喝一大口更能解渴。

「這是起士，陛下，」第一隻老鼠說，「但是不敢給您吃太多，因為怕您會口渴。」吃完起士，他們餵他吃燕麥蛋糕和新鮮奶油，然後再餵他喝一些葡萄酒。

「現在把水遞上來，」第一隻老鼠說，「我來替國王洗臉，他的臉上有血跡。」

逖里安覺得他的臉上好像有一小塊海綿在輕輕地擦拭著，他感覺清爽舒服多了。

「小朋友，」逖里安說，「我要如何感謝你們呢？」

「不用，不用，」幾個小嗓子齊聲說，「我們還能為您做什麼服務？我們不要別的國王，我們是您的子民，假如只是猴子和卡羅門人反對您，我們一定會為您赴湯蹈火，寧願粉身碎骨也不會讓他們把您綁在樹上。我們會，真的，可我們不敢違背亞斯藍的意旨。」

「你們想那真的是亞斯藍嗎？」國王問。

「噢，是的，是的，」兔子說，「他昨天晚上從馬廄出來了，我們都有看到。」

「他長什麼樣？」國王說。

「像一隻恐怖的大獅子，老實說。」其中一隻老鼠說。

「那，你們認為真的是亞斯藍殺死了森林的樹精，又使你們成為卡羅門國王的奴隸嗎？」

「唉，真不幸，不是嗎？」第二隻老鼠說，「要是我們在這之前先死了倒好。不過，這件事是沒得懷疑的，大家都說是亞斯藍的命令，我們又見到他了。我們並不認為亞斯藍是這種人。我們，唉——我們一直盼望他回到納尼亞。」

「誰知道他這一次是如此憤怒地回來，」第一隻老鼠說，「我們一定在不知不覺中犯了什麼嚴重的錯誤，他一定是來懲罰我們的。不過，我還是認為我們應該把這一切弄清楚！」

「我想我們現在所做的事就是錯的。」兔子說。

「我才不在乎，」鼴鼠說，「我還會再做。」

但是另一隻鼴鼠說：「哎，小聲點，小心一點。」

這時幾隻小動物都說：「很抱歉，陛下，我們必須回去了，我們絕不能被人發現在這裡停留。」

「你們快走吧，親愛的野獸。」遜里安說，「我也不希望害你們陷入險境。」

「晚安，晚安。」野獸們齊聲說，再一次在他膝蓋擦擦鼻子，「可以的話，我們會再來。」然後他們都悄悄地離開了，森林似乎一下子變得比他們來之前更黑、更冷，也更寂寞了。

星星出來了，納尼亞的最後一任國王全身僵硬痠痛地被綁在邊境的樹上，時間彷彿慢了下來——想像一下，有多慢——然而，終於有動靜了。

遠處似乎出現一道紅光，不久便消失，過一會兒紅光又出現，而且越來越猛，然後他看見光線的這一邊有些黑色的影子在移動，好像搬運什麼東西放到地上。現在他明白他看到的是什麼了，那是一堆篝火，新起的篝火，許多人正在把一捆捆的木材扔進火堆。現在火勢熊熊燃燒，遜里安看清楚那是在山頂上，馬廄在篝火後面，四周都被火光染成紅色。一大群野獸和人類聚集在他與篝火中間。篝火旁有個拱著身子的小影子，一定就是猿猴。他正在對群眾說話，但是聽不到他說些什麼。接著，他匍匐在地上，對著馬廄門口拜了三拜，然後站起來，把門打開，裡面走出一個四條腿的東西——步履有點僵硬——面向群眾。

現場響起如雷的歡呼，聲音大到遜里安都可以聽到一點內容。

「亞斯藍！亞斯藍！亞斯藍！」野獸高呼，「對我們說話，安慰我們，不要再對我們發怒了。」

從遜里安這邊看不清那個東西的模樣，不過他看出他是黃色的，身上有毛。他從沒見過「偉大的獅子」亞斯藍，也沒見過普通的獅子，他不知道他所看見的並不是真正的亞斯藍，他沒有想到亞斯藍看起來會如此僵硬，直挺挺站立著，一語不發。可是，誰又知道呢？有一會兒他的腦子裡閃過可怕的念頭，然後他想起那個有關「太息神」和「亞斯藍」是同一個人的胡言亂語，他知道這一切肯定是個騙局。

猿猴把頭湊近黃色動物的頭，彷彿在傾聽他的耳語，然後轉身向群眾宣布，群眾譁然，接著那個黃顏色的東西笨拙地轉身，走進——或者說，蹣跚跚跚地進入——馬廄，猿猴跟在後面把門關上。緊接著，篝火一定是被撲滅了，因為光線很快便消失，逖里安又再度孤孤單單地被遺棄在寒冷的黑夜中。

他想起早年納尼亞境內的其他國王，覺得他比他們都倒楣。他想起他的曾祖父的曾祖父瑞里安國王，在還是個小王子時，曾經被綠女巫偷走，藏在北方巨人領土的地下洞穴多年。但是後來邪不勝正，因為有兩個來自世界盡頭以外地方的神祕兒童忽然出現，把他救了出來，所以才能重回納尼亞，將納尼亞治理成一個繁榮富庶的國家。「我不可能有這種好運。」逖里安自言自語。

他又想到更久遠以前，瑞里安的父親，航海者賈思潘國王，他邪惡的叔叔米拉茲國王曾經企圖謀害他，賈思潘逃進森林裡，和矮人住在一起。那個故事後來也有圓滿的結局，因為賈思潘同樣得到人類小孩的援助，不過不是兩個，而是四個，他們遠從世界的盡頭趕來幫忙，打了一場激烈的戰爭，把他扶上王位。「但那也是很久很久以前的事了，」逖里安又自言自語，「那種事不會再發生了。」

接著他又想起（他小時候就很喜歡聽故事），一千多年以前來到納尼亞，協助賈思潘的同樣四個小孩，他們做的一件最了不起的事：打敗白女巫，結束了百年冬天，後來他們還一起統治納尼亞，直到他們不再是孩童，而是長大成高大的國王和美麗的女王，他們統治的時期就是納尼亞的「黃金時期」。那時候，亞斯藍常常出現。逖里安想起來了，亞斯藍也常在其他故事中現身。「亞斯藍，還有另一個世界的小孩，」他心想，「每當發生重大危機時，他們都會出現。啊，要是他們現在也出現就好了。」

於是他大聲喊道：「亞斯藍！亞斯藍！亞斯藍！來救我們吧！」

可是四周依舊一片黑暗寂靜。

「殺死**我**吧！」逖里安國王哭喊著說，「我並不乞求自己的生命，僅求拯救納尼亞人！」

黑暗的森林中依然毫無動靜，但是逖里安的內心開始有了一點變化，也不知道為什麼，他忽然覺得有點希望，而且覺得自己更加堅強了。「噢，亞斯藍，亞斯藍，」他自言自語說，「如果您自己不來，那麼請您至少派另一個世界的幫手來吧，或者讓我呼喚他們，讓我的呼聲傳到另一個世界吧。」

於是他忽然不自覺地用力高喊：

「孩子們！孩子們！納尼亞的朋友們！快來呀，快來我身邊。我在另一個世界呼喚你們；我，逖里安，納尼亞國王，凱爾帕拉瓦宮的領主，寂島的皇帝，我在呼喚你們！」

說完，他立刻陷入夢境中（如果那是夢境的話），那個夢境比真實的生活更鮮明。

他好像站在一間很亮的房間裡，裡面有七個人圍坐在一張飯桌旁，好像剛剛才吃完飯。其中有兩個人很老了，一個是長著白鬍子的老先生，一個是有著一對慧黠眼睛的愉快的老婦人。坐在老先生右手邊的一個男孩，明顯的比遜里安年紀還小，但是他的模樣已經像個國王或英勇的戰士。坐在老婦人右手邊的另一個小男孩也是。隔著飯桌面向遜里安的，是位有著一頭美麗秀髮的小女孩，她的年齡比前面兩個男孩小。女孩的左右兩側分別坐著一個男孩和女孩，是其中年紀最小的。他們都穿著遜里安所見過最奇怪的衣服。

但他沒有時間去想這些細節，因為最小的男孩和兩個女孩都立刻站起來，其中一人還小聲叫出來。老婦人也嚇一跳，倒抽一口冷氣。老先生大概也突然做出什麼動作，因為他右手邊的葡萄酒杯打翻在桌上，遜里安還聽到玻璃杯滾到地上打破的聲音。

這時候遜里安明白，這些人看得到他；他們都注視著他，彷彿他是個鬼魂，但他注意到坐在老先生右側的國王般的男孩動也不動（只是他的臉色發白），但他握緊了拳頭，然後開口說：

「假如你不是幽靈或幻影，你就開口說話吧，你的長相像納尼亞人，我們正是納尼亞的七個友人。」

遜里安很想開口，他想大聲說他是納尼亞的國王遜里安，他急需協助。但他發現（就像我有時在夢中一樣）他無法發出聲音。

對他說話的男孩站起來，說：「不管你是影子也好，靈魂也好，」他緊緊盯著遜里安的眼睛，「假如你是來自納尼亞，我以亞斯藍之名命令你對我說話，我就是崇高的彼得大帝。」

遜里安眼前的房間開始像波浪般旋轉，他聽到七個人的聲音同時在說話，而且越來越微弱，然後他們說：「看！它消失了。」「它融化了。」「它不見了。」

下一瞬間他醒來了。依然被綁在樹上，依然又冷又僵硬。森林開始有一點日出前微弱的曙光，露水沾濕他全身；天快亮了。

這是他有生以來最難過的一次夢醒時分。

5
援兵出現

你一眼便可以看出，這些都是用來開皇宮內的密室，
或用有香味的木頭做的箱子和櫥櫃，裡面裝滿皇室的珍寶。
不過他此刻用來開門的鑰匙很大，而且粗糙平凡……

他的悲傷沒有持續多久，幾乎就在此時，他聽到「砰」的一聲，接著又「砰」的一聲，眼前忽然出現兩個小孩。他面前的森林前一秒鐘還很空曠，所以他知道他們不是從他背後過來的，否則他會先聽到聲音。他們是從不明的地方乍然出現的。

他才看第一眼，就發現他們穿著夢中人一樣奇怪、色彩黯淡的衣服；仔細再看第二眼，發現他們正是那七個人當中年紀最小的男孩和女孩。

「天哪！」男孩說，「好累！我以為——」

「快把他解開，」女孩說，「有話待會兒再說。」她轉身對逖里安說：「對不起，來晚了。我們已經盡快趕來了。」

她在說話的當兒，男孩已經掏出一把小刀，迅速割開國王身上的繩索。事實上，因為速度太快，國王身體已經僵硬發麻，因此當最後一點繩索被割斷時，他立刻撲倒在地上。他在腿上揉了好一陣子才恢復力氣。

「我看，」女孩說，「就是你，對不對？那天晚上我們在吃飯時出現的就是你，大約一個星期以前。」

「一個星期？美麗的小姐？」遜里安說，「我被我的夢帶到你們的世界，不過是十分鐘以前。」

「又是那混亂的時間。」男孩說。

「我想起來了，」遜里安說，「從前那些古老的故事也有這種現象，你們那個世界的時間和我們的不一樣。不過我們現在談的時間要從此刻開始，因為我的敵人就在眼前。你們要不要跟我來？」

「當然要，」女孩說，「我們就是來救你的。」

遜里安站起來，帶著他們迅速下山，往南走遠離馬廄。他很清楚他的方向，但他首先要走有石頭的地方，免得留下足跡，其次他要過河，以免留下氣味。

這使他們又爬山、又涉水的，氣喘吁吁地走了大約一個小時。即便如此，遜里安還是不時偷看一眼他的兩個同伴，這兩個來自另一個世界的傢伙真會走路，看得他有點頭昏眼花，不過這也證實所有的古老故事都是真的……現在沒有什麼不可能的了。

他們來到一處小河谷，前面是一片幼小的白樺樹。遜里安說：「到了這裡離那些惡棍已有一段距離，算是比較安全了，我們可以放慢腳步。」這時太陽已經昇起，照射在露水上閃閃發亮，鳥兒也開始唱起歌來。

「要不要來點吃的？——我是說您，先生；我們倆都帶了早餐。」男孩說。

遜里安納悶什麼叫「吃的」，但是男孩一打開他身上那個鼓鼓的小背包，拉出一個壓得皺皺的小紙袋，他立即恍然大悟。他的肚子很餓，不過他到這一刻才想到。

紙袋裡有兩個水煮蛋做的三明治、兩個起士三明治，還有兩個裡面塗得糊糊的三明治。要不是他太餓了，他絕不會想要吃那個糊糊的三明治，因為納尼亞沒有那種東西。等他把六個三明治都吃完，他們已經走到谷底。他們發現這裡有一處長滿青苔的懸崖，還有一股清泉從山壁中流出。三個人都停下來喝水，並洗一洗發燙的臉頰。

女孩把額頭上的濕頭髮往後甩，說道：「好了，您是否打算告訴我們您是誰，為什麼會被綁起來，這到底是怎麼一回事？」

「好的，姑娘，」逖里安說，「不過我們要邊走邊說。」於是他們一邊趕路，他一邊自我介紹，並將一切經過情形敘述一遍。末了，他說：「現在我要去一座碉堡。我的祖先一共蓋了三座，目的是防止燈野那一帶的不法之徒作亂，我們要去的是其中之一。亞斯藍保佑，幸好我的鑰匙沒有被拿走。我們應該可以在堡內找到武器、鎧甲和食物，不過最多也只是一些乾糧。我們還可以安全地坐下來商量我們的計畫。現在請你們告訴我，你們是誰。」

「我叫尤斯提・史瓜，這位是姬兒・波爾，」男孩說，「我們以前來過，很久、很久、很久以前，以我們那邊的時間來算，有一年多。那個時候有個小孩叫瑞里安王子，他們把這個王子藏在地洞裡——」

「哈！」逖里安笑說，「這麼說，你們就是把瑞里安國王救出來的尤斯提和姬兒？」

「是的，正是我們。」姬兒說，「原來他現在是瑞里安國王了，是嗎？啊，那是當然的，我忘了——」

「不，」逖里安說，「我已經是他的第七代子孫，他早在兩百年前就過世了。」

姬兒做了個鬼臉。「呃！」她說，「這就是回到納尼亞最恐怖的地方。」

但尤斯提繼續說：「現在您知道我們的身分了，陛下，事情是這樣的，教授和波莉阿姨把我們這一票納尼亞之友全部集合了——」

「我不認得他們，尤斯提。」逖里安說。

「他們是最早來到納尼亞的，在所有動物開始學習說話的時代。」

「以亞斯藍的鬃毛起誓，」逖里安失聲說道，「原來是他們兩個！開天闢地時期的狄哥里勛爵和波莉夫人！他們在你們那裡還活著嗎？多麼神奇呀！再說下去，再說下去。」

「她其實不是我們的阿姨。」尤斯提說，「她姓普朗摩，人稱普朗摩小姐，不過我們都叫她波莉阿姨。他們把我們都叫了去，多半是為了好玩，這樣我們才能痛快地談一些有關納尼亞的事（我們平時都沒辦法和別人談這些事），但部分原因是教授覺得這裡好像需要我們。

「後來，您就像個鬼魂一樣出現，一句話也不說又消失了，把我們都嚇得半死。這事過後，我們都知道一定有什麼事發生了。接下來的問題是如何來這裡。你不能想來就來。於是我們商量了又商量，最後教授說，唯一的辦法就是靠『魔戒』，教授和波莉阿姨當年——很久、很久以前，當他們還是小孩的時候，比我們還小，甚至在我們出生以前——就是靠這些『魔戒』才來到這裡。

「但這些『魔戒』都埋在倫敦一所房屋的後院裡（倫敦就是我們居住的大城市，陛下），那棟房子已經賣掉了，所以如何把它們挖出來是個問題。您一定想不到，我們終究還是辦到了！彼得和愛德蒙——和您說話的是崇高的彼得大帝——一大清早，在大家都還熟睡時，從後門進去花園。他們都穿著工作服，因為萬一有人看到也會以為他們是在挖下水道。真希望我也在場，一定很好玩。他們一定挖到了，因為第二天彼得發電報——那是一種通訊方式，陛下，改天有機會我再解釋——說他拿到『魔戒』了。第二天，我和姬兒都必須回學校上課——我們兩個是唯一還在上學的，而且我們讀同一所學校。因此彼得和愛德蒙決定在我們上學途中，把『魔戒』交給我們。一定要我們兩個來納尼亞，因為他們都長大了，不能再來了。

「於是我們坐上火車——那是我們那個世界一種旅行的工具，許多車廂用鐵鍊連接起來——教授和波莉阿姨，還有露西，都和我們一起。我們希望盡可能一起同行。總之，我們坐上火車，當火車快到我們約好會面的車站時，我望著窗外，想看看是不是能看到他們，忽然間，車廂一陣劇烈震動，發出刺耳的聲音，我們就已經來到納尼亞，看到陛下您被綁在樹上。」

「這麼說，你們並沒有用到『魔戒』？」逖里安說。

「沒有，」尤斯提說，「連看都沒看到。亞斯藍不用『魔戒』，他用他的方法把我們接來了。」

「可是『魔戒』在崇高的彼得大帝手上。」逖里安說。

「是的，」姬兒說，「但是我想他沒辦法使用它們。其他兩位皮芬家的小孩——愛德蒙國王和露西女王——上次來這裡時，亞斯藍就說他們再也不能來納尼亞了。更久以前他也對彼得大帝說過同樣的話。要是可以，他一定比誰都急著趕來。」

「天哪！」尤斯提說，「太陽曬得好熱，我們快到了沒，陛下？」

「看！」逖里安指著說。前面不遠的地方有一座灰色的碉堡聳立在樹林間，不一會兒他們走出森林，來到一片空曠的草地，草地上有一條小溪，小溪的另一邊矗立著一座方形的碉堡，碉堡蓋得很嚴密，只有一、兩扇窄小的窗戶，還有一扇面向他們的笨重木門。

逖里安機警地往他身後張望，確定沒有敵人的蹤跡。然後他走向碉堡，站在門前，從他的衣服內掏出一條銀鍊，銀鍊上掛著一串鑰匙，其中有兩只金色的，另外還有許多打造得非常精美的鑰匙，你一眼便可以看出，這些都是用來開皇宮內的密室，或用有香味的木頭做的箱子和櫥櫃，裡面裝滿皇室的珍寶。不過他此刻用來開門的鑰匙很大，而且粗糙平凡。門上的鎖很澀，逖里安有點擔心打不開，但最後還是把鎖打開了，笨重的木門發出沉悶的噪音應聲而開。

「請進，朋友，」迯里安說，「這恐怕是納尼亞國王目前能用來招待貴賓最好的地方了。」

迯里安很高興這兩位陌生人都很有禮貌，因為他們都說：不用客氣，這樣就很好了。

事實上，一點也不好。裡面不但很黑，而且有一股霉味，它只有一個房間，而且位於屋頂下方。房間一個角落有個木造梯子通往一扇木門，是戰爭時逃命用的。房間內有幾張簡陋的小床可以睡覺，還有許多儲藏櫃和綑成一包一包的東西。此外還有一個壁爐，看起來有許多年沒使用過了。

「我們最好先到外面找一些柴火來，是不是？」姬兒說。

「等一下，夥伴，」迯里安說。他認為他們應該先有武裝準備，因此他開始打開儲藏櫃。幸好他每年都會巡視這些碉堡，確定一切必需品都十分齊全，所以他還記得東西的存放地點。弓弦用有油的絲布包著，劍和箭鏃都上了油，防止生鏽，盔甲也都亮晶晶的包起來。還有更棒的，「你們看！」迯里安一邊說，一邊打開一件長鎧甲上衣，它的樣式很奇特，但是擦得雪亮。

「好奇怪的鎧甲，陛下。」尤斯提說。

「是啊，夥伴，」遜里安說，「納尼亞的矮人做不出來這個，這是卡羅門人的鎧甲，奇怪的設計，我準備了幾套以備不時之需，因為我不知道我和我的朋友哪一天會必須走在卡羅門人的土地上而不被發覺。還有，你們看這個石瓶，裡面裝著一種液體，我們只要把它搽在我們的臉上和手上，看起來就像卡羅門人了。」

「啊，太棒了！」姬兒說，「變裝！我最喜歡變裝！」

遜里安教他們如何倒一點液體在手心，然後把它抹開來塗在臉上和脖子，一直到肩膀，再從手上一直塗到手臂。他自己也這麼做。

「等它乾了以後，」他說，「我們就算洗臉也不會褪色，只有用油和灰才能讓我們恢復納尼亞人的白皮膚。現在，可愛的姬兒，我們來看看這件鎧甲上衣妳能不能穿。長了一點，不過沒有我想像的長，看來它是屬於大公的侍衛所穿的鎧甲。」

挑好鎧甲，他們又戴上卡羅門人的頭盔，這是一種圓形的頭盔，緊緊箍著頭，上面還有一根尖刺。接著，遜里安從櫥櫃中找出一些白色的布料，纏在頭盔上就成了包頭巾。他和尤斯提各挑了一把卡羅門人的彎刀和小圓盾做武器。這裡沒有輕一點的劍給姬兒使用，但遜里安給她一把又長又直的獵刀，必要時可以當劍使。

「會不會射箭，姑娘？」遜里安問。

「不值一提，」姬兒說，臉一紅，「馬馬虎虎。」

「別聽她的，陛下，」尤斯提說，「自從上一次從納尼亞回去後，我們兩個就一直很認真地練習射箭，雖然我們的技術也不是太好，不過她現在的技術跟我差不多了。」

於是遜里安給姬兒一把弓，又給她一個裝滿箭的箭袋。再來要點火了，因為碉堡內的光線像山洞一樣，一點都不像在室內，讓人還是忍不住會發抖。不過他們找來柴火後就不冷了——此時正是日正當中的時刻——再生起火，那個地方就顯得舒適多了。

倒是晚餐比較簡陋，因為他們只能找到一些硬麵餅，把它們敲碎了放進鍋子裡煮，再加一點鹽，就成了麵糊粥。當然，他們的飲料也只有水。

「早知道就帶一包茶來。」姬兒說。

「或是一罐可可。」尤斯提說。

「早知道應該在每座碉堡都存放一桶上好的葡萄酒。」逖里安說。

6
通宵達旦部署

貓頭鷹在樹上唱歌；
或者遠方傳來笛聲，告訴你人羊在跳舞；
或是從地下傳來矮人釘釘子、敲鐵鎚的聲音。
然而此刻一片死寂，悲傷與恐懼籠罩著納尼亞。

大約四個小時以後，逖里安在一張小床躺下小寐片刻。男孩和女孩早已呼呼大睡。他讓他們先睡，因為他們晚上大部分時間都必須保持清醒，他知道以他們現在的年齡，不先睡一下養精蓄銳是不行的。而且，他自己也很累了。他先是教姬兒練習一下射箭，他發現她的技術雖然比不上納尼亞人，但是已經不錯了，而且她還射中一隻兔子（當然不是**能言**兔子，在納尼亞西部還是有很多普通兔子），他們已經把兔子殺好、洗乾淨掛起來。他發現他們都會做這些令人不寒而慄、而且有血腥味的事，他們是在瑞里安王子時代勇闖「巨人國度」時學會的。

然後他又教尤斯提用刀和盾。尤斯提在前幾次的冒險中就已經學會用劍打鬥，不過他那時候用的是納尼亞的長劍。他沒用過卡羅門人的彎刀，所以不會使用，因為彎刀的衝刺和一般的劍截然不同，習慣也不同，所以必須從頭學起。不過逖里安發現他的眼力很好，而且腳步快。他也很驚訝兩個孩子的力氣都很大，事實上，他們似乎比初見面時又更大、也更強壯。這是納尼亞的空氣對來自我們這個世界的訪客所造成的影響。

他們三個人都一致同意，他們首先要做的是回到馬廄山，設法拯救獨角獸朱爾。如果成功了，他們要設法逃到東邊，與人馬倫威從凱爾帕拉瓦宮帶來的援兵會合。

一個像迯里安這樣有經驗的戰士和獵人，都有辦法在他預設的時間醒來，因此他算好讓自己睡到九點，然後把一切煩惱都拋開，很快便睡著了。沒多久他就醒來了，但他從外面的光線和直覺，知道他睡眠的時間正是他想要的時間。他起來，戴上頭盔和包頭巾（他穿著鎧甲睡覺），這才把兩個孩子叫醒。老實說，他們被叫醒時臉色蒼白，而且滿臉不悅，不時打呵欠。

「現在，」迯里安說，「我們要往北走——幸好今晚有星星——這段路會比早上近得多，因為我們早上繞路走，現在我們走的是一直線。萬一路上碰到敵人，你們兩個不要說話，由我來應付，我會盡量裝成卡羅門人的樣子。如果我拔出刀來，尤斯提，你也要把刀拔出來，姬兒就跳到我們兩人的後面，把弓箭準備好。如果我大聲說：『逃』，你們倆就要以最快的速度逃回碉堡。一旦我下令撤退，千萬不能戀戰——一點都不能耽誤——有些人自以為很勇敢，卻往往破壞了戰爭的計畫。現在，朋友們，以亞斯藍之名，我們出發吧。」

他們走進寒冷的黑夜裡，一些偉大的北方之星都在樹梢頭閃爍。這裡的北極星叫「箭鏃星」，比我們的北極星還亮。

他們先是順利地跟著「箭鏃星」走，不久四周的森林更茂密了，他們必須不時繞個路來察看方向。又過了一段時候——他們仍然在森林深處——他們已經分辨不出方向了。後來還是姬兒找到正確的方位，她在英國時就是個優秀的女童軍。何況她以前在北方荒地走過那麼多地方，對納尼亞的星座早就瞭如指掌。即使看不見「箭鏃星」，她也能夠從其他星座找出正確的方向。

逖里安發現她是三人中最好的帶路人後，便讓她走在最前面。他又發現，原來她也可以如此輕巧，走起路來幾乎無聲無息。

「以亞斯藍的鬃毛起誓！」逖里安對尤斯提小聲說，「這個女孩真了不得，簡直像在森林長大的孩子，如果她有矮人的血統就更不得了了。」

「她身材小嘛，好處多多。」尤斯提小聲說。但是姬兒從前面警告他們：「噓——小聲點。」

四周的森林一片寂靜，事實上是寂靜得出奇。納尼亞的夜晚通常很多雜音——不時會聽到野豬道「晚安」；貓頭鷹在樹上唱歌；或者遠方傳來笛聲，告訴你人羊在跳舞；或是從地下傳來矮人釘釘子、敲鐵鎚的聲音。然而此刻一片死寂，悲傷與恐懼籠罩著納尼亞。

一段時間以後，他們開始上坡，樹林離他們越來越遠了。逖里安依稀可以看見那座有名的馬廄山。姬兒現在更加謹慎：她不時對他們做手勢，然後她停下來不動，逖里安看見她慢慢蹲下去，無聲無息地隱沒在草叢中。過了一會兒，她又起身，貼近逖里安的耳朵，以小得不能再小的聲音說：「最好趴下來，『看』（thee）得比較清楚。」她把看「see」說成「thee」，因為她知道悄悄話中的「S」音最容易被察覺。

逖里安立刻趴下來，他的聲音也很輕，但比不上姬兒，因為他比姬兒重，年紀又比她大。他趴下來後才發現，從這個位置看過去，可以更清楚地看到山丘，那裡有兩個影子，一個是馬廄，另外一個，比馬廄更近一點，是一個值勤的卡羅門哨兵。他值勤很不認真，既沒有走動，也沒有立正，而是坐著，他的長矛扛在肩上，下巴深深地埋進胸口。

「幹得好。」逖里安對姬兒說。她指給他看的，正是他想看到的情況。

他們站起來，這次由逖里安帶頭。他們緩慢地，幾乎是悄無聲息地來到距離哨兵不過四十呎的一處林木密集的地方。

「在這裡等我回來，」他小聲對另外兩人說，「萬一我失敗了，你們快逃。」說完，他大膽地走向哨兵。那人看到他時嚇了一大跳，立刻想站起來。他以為逖里安是他的長官，現在逮到他坐下來，他的麻煩大了。但是逖里安不等他站起來，自己先一腳跪在地上，說：

「你是太洛帝的戰士嗎？願他長命百歲。我很高興能見到這些納尼亞的野獸和壞蛋，請與我握手，朋友。」

那個卡羅門哨兵還沒弄清楚怎麼回事，他的右手就被一隻強有力的手抓住，轉眼間，有個人壓著他的膝蓋，一把匕首抵著他的脖子。

「你敢吭一聲，我馬上叫你死。」遜里安在他耳朵旁邊說，「告訴我獨角獸在哪裡，我就饒你一命。」

「在——在馬廄後面，主人。」那個倒楣的傢伙結結巴巴說。

「好，站起來，帶我去。」

那個人站起來，匕首始終指著他的脖子。才一轉身，遜里安便換了個姿勢，將匕首改成抵在他的耳下。那個人顫抖著來到馬廄後面。

雖然天很黑，遜里安立刻一眼認出那個白色的形狀正是朱爾。

「噓！」他說，「不要作聲，是的，是我，朱爾。他們怎麼綁你？」

「四條腿都被一起綁在馬廄牆上的一個環上。」

「站在這裡，哨兵，背靠著牆。朱爾，把你的角抵著他的胸口。」

「遵命，陛下。」朱爾說。

「如果他敢動一下，立刻刺穿他的心臟。」一會兒後，遜里安割斷繩索，再用這些繩索來綁哨兵的手腳。最後他命令哨兵張開嘴巴，塞進許多草後，又用繩索從他的頭頂綁到下巴，使他無法出聲。他把哨兵扳成坐姿，讓他貼著牆坐下。

「我這樣做是不得已的，」逖里安對哨兵說，「將來有一天如果我們還能碰面，我會對你好一點。現在我們走吧，朱爾，腳步放輕一點。」

他左手抱著獨角獸的脖子，彎下去親他的鼻子，兩人都很高興。他們盡可能安靜又迅速地回到兩個孩子藏身的地方，那裡的光線很暗，他沒看清楚，差一點撞上尤斯提。

「一切都很順利，」逖里安小聲說，「今晚的任務結束，我們回基地吧。」

他們轉身走了幾步路，尤斯提說：「姬兒，妳在哪裡？」沒人回答，「姬兒在你那邊嗎，陛下？」他問。

「什麼？」逖里安說，「她沒有在你那一邊嗎？」

這真是可怕的一刻。他們不敢大聲叫，只能以最大限度呼喚她，可是沒有回應。

「她是在我不在的時候離開你的嗎？」逖里安問。

「我沒看見她離開，也沒聽到任何動靜，」尤斯提說，「不過她有可能在我不知不覺的時候離開，她的動作可以像貓一樣悄無聲息，你也領教過了。」

這時，遠處傳來一陣鼓聲，朱爾豎起耳朵，「是矮人。」他說。

「變幻莫測的矮人，敵人。」逖里安嘟囔說。

「還有馬蹄聲，越來越近了。」朱爾說。

兩個人和獨角獸都同時停下腳步，一時間發生這麼多事情，他們有點不知所措。馬蹄聲越來越近了。

這時有個聲音在他們身邊小聲說：「喂，你們都在嗎？」

謝天謝地，是姬兒。

「妳到哪裡去了？」尤斯提生氣地說，他剛才嚇壞了。

「進去馬廄。」姬兒喘著氣說，不過她是那種壓抑著不敢笑出來的喘氣。

「噢，」尤斯提生氣地說，「妳覺得很好笑是不是？我告訴妳——」

「您找到朱爾了嗎，陛下？」姬兒問。

「找到了，這就是。跟妳在一起的是什麼野獸？」

「就是『他』，」姬兒說，「不過我們先回基地，免得把大家都吵醒。」說著，她差點笑出來。

大家都同意，因為他們已在那個危險的地方停留太久，而且矮人的鼓聲又更近了。

一行人往南走了幾分鐘後，尤斯提開口問：

「妳說『他』是什麼意思？」

「假的亞斯藍。」姬兒說。

「什麼？」逖里安說，「妳剛才去哪裡？妳做了什麼？」

「噢，陛下，」姬兒說，「我看你把哨兵帶走，我心裡就想，趁這個機會進去馬廄看看，看裡面到底有什麼名堂？於是我爬過去，那就像拔掉螺栓一樣容易。那裡面很暗，也是馬廄的味道，然後我點亮燈——您猜怎麼著？——裡面除了這頭身上包著獅子皮的老驢外，什麼東西也沒有。所以我抽出我的刀，對他說最好乖乖地跟我走。事實上，我根本不需要用刀子威脅他，他早就受夠了那間馬廄，巴不得早點離開——對不對，親愛的迷糊？」

「好傢伙！」尤斯提說，「害我——擔心死了。我剛才好生氣，我還想妳真差勁，自己一個人偷偷溜走。不過，我必須承認——呃，我是說——妳太棒了。如果她是個男孩，她就可以受封為騎士了，對不對，陛下？」

「如果她是男孩，」逖里安說，「她會因為不服從命令而挨鞭子。」黑暗中沒有人看見他說這句話時是皺著眉頭還是在微笑。不過，緊接著，他們都聽到金屬的鏗鏘聲。

「您要幹嘛，陛下？」姬兒機警地說。

「拔刀砍這頭該死的驢。」逖里安嚴峻地說，「站好不要動，姑娘。」

「啊，不要，請您不要，」姬兒說，「真的，不可以。這不是他的錯，這都是猿猴出的點子，他根本不知道怎麼一回事。而且他對這一切感到抱歉，他是頭好驢，名叫迷糊，我正抱著他的頭。」

「姬兒，」逖里安說，「妳是我的部屬中最聰明，但也最冒失、最不服從命令的人。好吧，饒他一命吧。你自己有什麼話說，驢子？」

「我嗎，陛下？」驢子說，「我當然很抱歉啦，如果我有做錯事的話。猿猴說亞斯藍『叫』我要裝扮成這樣，我想他一向比較聰明，我不像他那樣聰明，我只會聽話。我也不喜歡住在那樣的馬廄裡，我甚至不知道外面發生什麼事，他從來不讓我出去，只有在晚上偶爾叫我出去一下下。他們甚至有好幾天忘了給我水喝。」

「陛下，」朱爾說，「那些矮人越來越近了，我們要不要和他們照面？」

逖里安想了一下，忽然大笑一聲，也不再小聲說話了。

「全能的獅子，」他說，「我的腦筋變鈍了！和他們照面？我們當然要和他們照面。現在我們可以光明正大和任何人見面了。我們可以把這頭驢子展示給他們看，讓他們看清楚他們畏懼、而且跪拜的東西。我們可以讓他們知道這一切都是猿猴的陰謀，他的祕密被拆穿了。明天我們要把這隻猿猴吊在納尼亞最高的樹上。我們可以不用小聲說話，不用躡手躡腳，也不用再偽裝。這些誠實的矮人在哪裡？我們有好消息告訴他們。」

當你一連幾個小時憋著氣小聲說話後，一旦有人恢復正常，那種影響力是驚人的。這一群人開始大聲說笑，連迷糊都抬起頭，高興得大聲「嚄——咿——嚄——咿」；這是猿猴好幾天以來一直禁止他做的一件事。

然後他們朝著鼓聲的方向前進。隨著鼓聲越來越大聲，他們也看見火炬了。它們從燈野那邊的一條小路（在我們英國，那根本不能算是一條路）出現。接著，他們看見大約三十個矮人氣勢磅礴地走過來，他們的肩上都扛著小鏟子和鶴嘴鋤。兩個卡羅門人在隊伍的前頭帶路，還有兩個在後面押陣。

「站住！」逖里安從小路旁站出來，大聲說，「站住，你們受誰的命令，要把這些納尼亞矮人帶去哪裡？」

7

變節的矮人

他們回到碉堡時，天已經快破曉了，正是夜晚最冷的時刻。
如果這時能有一頓熱騰騰的飯菜等著他們，
大家一定會吃得很高興，可惜這一耽擱，大家都沒有想到……

帶頭的卡羅門士兵看見一個帶著兩名侍衛的大公，馬上立正，舉起長矛敬禮。

「報告大公，」其中一人說，「我們要帶這些侏儒去太洛帝的礦坑工作。太洛帝萬歲。」

「憑至高無上的太息神之名，他們都很順服。」遜里安說著，忽然轉身面向矮人。大約每隔六個矮人中，便有一人舉著一把火炬，遜里安從搖曳的火光中，看到他們長滿鬍鬚的臉上都是陰鬱、固執的表情。

「矮人，太洛帝打了一場勝仗，征服你們的土地嗎？」他問，「否則你們為什麼如此心甘情願地去普拉漢的鹽礦坑送死？」

兩名士兵都驚訝地瞪著他，但是矮人異口同聲說：「亞斯藍的命令，亞斯藍的命令，他出賣我們，我們怎能違背**他**？」

「太洛帝可以！」一名矮人說，啐一口痰，「我倒想親眼看到他與他對抗！」

「住口，狗奴才！」為首的士兵斥喝道。

「你們看！」逖里安說，把迷糊拉到亮處，「這一切都是謊言，亞斯藍根本沒有降臨納尼亞，你們都上了猿猴的當，這就是他從馬廄帶出來給你們看的東西，你們瞧。」

矮人仔細一看，自然可以分辨他們先前受到何等欺騙。經過長期的拘禁，披在迷糊身上的獅子毛皮此刻已經顯得雜亂不堪，加上他在黑夜中行走，獅子毛皮更是歪歪斜斜地滑到牠一邊的肩膀。獅子頭雖然沒有滑到另一邊，更慘的是往後倒，因此可以看到笨驢善良的長臉從裡面往外看。他的嘴角還殘留一小撮青草，因為他們帶著他走的時候，他就一直在默默地咀嚼。他此刻見狀，毛驢趕緊喃喃自語說：「不是我的錯，我很笨，我從來沒說**我聰明**。」

有好一瞬間，所有矮人都張大嘴望著迷糊。這時一名士兵忽然說：「你瘋了嗎，大公？你對這些奴隸胡說些什麼？」另一人說：「你又是誰？」現在他們不向他舉長矛敬禮了，兩人都做出準備反攻的動作。

「報上暗語。」為首的士兵說。

「這就是我的暗語，」國王說，拔出刀來，「『天已破曉，謊言拆穿』，小心看刀，我就是納尼亞的國王逖里安。」

他像閃電般把為首的士兵打倒在地。尤斯提看見國王拔刀，他也拔刀，快步衝向第二位士兵。他的臉色蒼白，不過這不能怪他。再說，初學者運氣總是好一點，他也不例外。他早已忘了前一天下午逖里安教他的要訣，只見他用力揮刀（老實說，我不確定他的眼睛有沒有閉起來），沒想到那個卡羅門人竟然倒在地上死了。他雖然鬆了一口氣，心中卻更加害怕。國王奮戰的時間久一點，多了一、兩秒，但也把他的對手殺死了。然後他對尤斯提大聲說：「小心另外兩個人。」

但是矮人已經搶先一步，把剩下的兩個卡羅門人解決，現在已經沒有敵人。

「幹得好，尤斯提！」逖里安說，拍拍他的背，「現在，矮人，你們自由了，明天我會率領你們去拯救所有的納尼亞人。現在為亞斯藍歡呼三聲！」

可是他們的反應都很冷淡，只有少數幾個矮人（大約五個）小聲跟著喊，另外有幾個聲音沙啞，更多人則保持沉默。

「難道他們聽不懂嗎？」姬兒不耐煩地說，「你們這些矮人怎麼啦？你們沒聽到國王說的話嗎？一切都結束了，猿猴不會再統治納尼亞了，每個人都可以回去過正常的生活，你們又可以去玩了，難道你們不高興嗎？」

大約過了一分鐘，一個長得有點醜醜的，頭髮和鬍鬚都像煤炭一樣黑的矮人說：「姑娘，妳又是誰？」

「我叫姬兒，」姬兒說，「就是以前救過瑞里安國王的姬兒，這位是尤斯提，他也救過瑞里安國王，經過好幾百年之後，我們又從另一個世界回來了，亞斯藍派我們來的。」

矮人都笑著互相對視；那是種不懷好意的笑，不是開心的笑。

「噢，」黑鬍子矮人（他的名字叫格里佛）說，「我不知道你們的感覺如何，但是我覺得我這輩子不想再聽到有關亞斯藍的事了。」

「對，對，」其他矮人都大聲歡呼，「這一切都是騙局，都是騙局。」

「你這話是什麼意思？」逖里安說，他剛才作戰時臉色都沒有發白，但現在他的臉色蒼白，他原以為這一切都會圓滿結束，不料卻變成更可怕的惡夢。

「你一定以為我們的腦筋變笨了，一定是，」格里佛說，「我們已經被騙過一次，現在你還要我們再相信你的鬼話。我們不再相信任何有關亞斯藍的鬼話了，你們看！看看他！一隻長耳朵的笨驢！」

「我的天，你真讓我生氣，」逖里安說，「誰說**他**是亞斯藍來著？那是猿猴用來偽裝成真的亞斯藍，難道你還不懂嗎？」

「你比他更會偽裝！」格里佛說，「不，謝了，我們已經被騙一次，我們不會再受騙了。」

「我沒有騙你們，」逖里安氣憤地說，「我信奉真正的亞斯藍。」

「他在哪裡？他又長什麼樣子？叫他現身讓我們看看！」幾個矮人說。

「你們以為我把他藏在我的皮夾裡嗎，傻瓜？」逖里安說，「我算老幾，想叫亞斯藍現身他就現身？他又不是一頭馴良的獅子。」

這句話一出口，他立即發現他說錯話了。矮人馬上唱歌一樣說「不是一頭馴良的獅子，不是一頭馴良的獅子」來嘲笑他。其中一人說：「大家都這麼說。」

「你們難道不相信真的亞斯藍嗎？」姬兒說，「我可見過他。是他派我們兩個從另一個世界來的。」

「啊，」格里佛笑著說，「『妳』說的，是他們教妳說的吧。他們教的吧，嗄？」

「土包子，」遜里安大聲說，「你竟敢當面說女士撒謊？」

「你自己去當你的文明人吧，先生，」格里佛說，「我們不需要國王了——如果你是遜里安的話，不過我看你一點都不像——我們也不再需要什麼亞斯藍。從現在起，我們要自力更生，再也不臣服任何人。懂了吧？」

「對，對，」其他矮人說，「我們要自力更生，不要什麼亞斯藍，不要什麼國王，也不要什麼另一個世界的胡言亂語。矮人自己管理矮人。」說完，他們紛紛拿起自己的東西，準備回去。

「小畜生！」尤斯提說，「你們得救，不需要去鹽礦做苦工，難道連一聲**謝謝**也不說嗎？」

「啊，我們明白了，」格里佛回頭說，「你想利用我們，所以你才來救我們，你是在玩你們自己的遊戲，算了吧，你們這些傢伙。」

於是矮人在鼓聲的伴奏下唱著奇異的進行曲，踏著大步走進黑暗。

逖里安和他的一票朋友從後面看著他們消失，然後他簡單說一句：「走吧。」大夥兒也離開了。

一行人默默地走著。迷糊還是覺得很慚愧，但他仍然不很清楚發生了什麼事。姬兒除了很討厭那些矮人外，對尤斯提打倒卡羅門人的英勇表現印象深刻，反過來覺得自己很慚愧。至於尤斯提，他的心臟還在怦怦跳呢。

逖里安和朱爾一起傷心地走在隊伍的最後面，國王摟著獨角獸的肩膀，獨角獸有時用他軟軟的鼻子摩擦國王的臉頰。他們彼此都沒有用言語互相安慰。逖里安怎麼也沒想到，猿猴設計出一個假的亞斯藍，竟然使大家連真的亞斯藍也不相信了。他還以為他把真相告知矮人後，他們會支持他。那麼他便可以在第二天晚上帶大家去馬廄山，把迷糊帶給大家看，這樣人人都會起來反對猿猴，說不定和卡羅門人打一仗，這樣整個事件就落幕了。可是現在，他好像一點依靠也沒有了。還有多少納尼亞人會像矮人一樣反對他呢？

「好像有人在後面跟蹤我們。」還是迷糊先開口。

他們停下腳步，仔細聆聽。果然，有個「砰、砰」的腳步聲在後面。

「是誰？」國王大聲問。

「只有我一個人，陛下，」一個聲音說，「我是矮人波金，我從他們中間逃出來，我支持您，陛下，還有亞斯藍。如果您能給我一把矮人的劍，我會為您而戰。」

大家都圍過來，把他圍在中間，歡迎他、讚揚他、拍他的肩膀。光是一個矮人當然沒有太大的幫助，不過即使只有一個也是令人雀躍的事。大家的心情都好多了，但姬兒和尤斯提沒有高興太久，因為他們開始打呵欠，眼皮也開始沉重，他們累得只想上床。

他們回到碉堡時，天已經快破曉了，正是夜晚最冷的時刻。如果這時能有一頓熱騰騰的飯菜等著他們，大家一定會吃得很高興，可惜這一耽擱，大家都沒有想到。他們喝了溪水，用水洗洗臉，就各自倒在床上睡覺了。只有迷糊和獨角獸說他們喜歡睡在外面。這樣也好，因為一隻獨角獸，加上一頭肥胖的毛驢，碉堡裡面就更顯得擁擠了。

納尼亞的矮人身高雖然不到四呎，但以他們的身材比例來說，卻是最強壯的。所以儘管波金一整晚都沒睡覺，他還是最先起床，而且精神最好。他拿起姬兒的弓箭，去外面射了兩隻林鴿，然後他坐在門口一面拔毛，一面和朱爾與迷糊聊天。

迷糊那天上午看起來好多了。獨角獸朱爾本來就是最高貴又最細心的野獸，他對迷糊很友善，一直跟他談一些他們都懂的事，例如：青草呀、糖呀，還有如何照顧蹄子等等。

當姬兒和尤斯提在十點半左右打著呵欠、揉著眼睛出來時，矮人便教他們如何尋找一種叫野薊的納尼亞野草。這種草的外觀有點像酢漿草，不過煮起來味道更好吃（煮的時候需要加一點奶油和胡椒，不過這裡沒有這些調味料）。這麼一來，總算有一道主食當他們的早餐或晚餐（隨你怎麼稱呼）。遜里安拿了一把斧頭走更遠一點進入森林，砍了一些樹枝回來當燃料。

烹煮期間——感覺上時間好長，尤其是東西快煮好，而香味傳出的時候——國王替波金找到一套矮人的衣服：鎧甲上衣、頭盔、盾、劍、腰帶，以及匕首。接著他檢查尤斯提的刀，發現他在殺死卡羅門人後，沒有把刀整理乾淨就放進刀鞘內，尤斯提因此遭到責罵，國王命令他清理乾淨後再擦亮。

這段期間姬兒到處走來走去，一下子攪一攪湯鍋，一下子羨慕地看看驢子和獨角獸，他們正悠閒地在吃草。那天早上有好幾次她希望自己要是也能吃草，那該有多好！

但是當飯菜煮好後，大家都覺得等待是值得的，何況還足夠添第二回。大家都吃飽後，三個人類和矮人都坐在門口，四隻腳的躺在地上面向他們，矮人（他先徵求姬兒與遜里安的同意）點起他的菸斗，國王說：「現在，我的朋友波金，你對敵人的了解比較多，說不定比我們更多，請把你所知道的消息告訴我們。不過，請你先說說他們知不知道我逃走的事？」

「這事說來有點蹊蹺，陛下，」波金說，「這是那隻叫大黃的貓說出來的，而且很可能是他編的。陛下，這個大黃——噢，他真是個最狡猾的貓——說他走到您被綑綁的樹附近，聽到您正在大聲地哭喊、詛咒亞斯藍，他說您用『我說不出口的髒話』大罵——您知道貓一向無法無天的——然後他說，忽然一陣閃電，亞斯藍出現了，一口把您吃掉。

「所有的野獸聽了都在發抖，有些還昏了過去，當然，猿猴更加油添醋。他說，這就是對亞斯藍不敬的下場，大家可以藉此以為警惕。那些可憐的傢伙便哭著說：是的，是的。所以，陛下您的脫逃並沒有使他們懷疑您有忠誠的友人協助您，反而使他們更畏懼猿猴，更服從他。」

「真是邪惡的手段！」迯里安說，「這麼說，這個大黃貓落入猿猴的圈套嘍。」

「現在看起來倒是猿猴落入**他**的圈套，陛下，」矮人說，「您瞧，猿猴還被帶離現場去喝酒。我的看法是：這個陰謀多半是大黃或厲西達（卡羅門人的隊長）策畫的。而且我想有些話是大黃在矮人中間散布的謠言，目的是要讓您回不去。

「前幾天晚上大家集會，其中有一天我發現我忘了帶菸斗，抽菸斗是我多年來的習慣，於是我回頭去拿。但是就在我拿了菸斗要回我的座位前（那裡很黑），我聽到一個貓的聲音說『喵』，然後一個卡羅門人的聲音說『在這裡……小聲一點』，所以我就站著不動。這兩個人就是大黃和人們口中的厲西達大公。

「『高貴的大公，』大黃貓用他那軟綿綿的聲音說，『我想知道我們今天所說的亞斯藍**不再是**太息神是什麼意思。』

「『真是聰明的貓，』那個隊長說，『你聽出我話中的意思了。』

「『你是說，』貓說，『根本沒這個人？』

「大公說：『凡是有腦筋的人都知道。』

「『那麼，我們彼此心裡有數。』貓說。

「『你和我一樣，對那隻猿猴感到厭煩嗎？』

「『他是個愚蠢、貪婪的鄉巴佬。』貓說，『不過我們現在少不了他，我們必須在暗地裡進行，叫猿猴照著我們的意思去做。』

「『而且，』貓又說，『如果讓一些更聰明的納尼亞人落入我們的圈套，那就更好了。我們可以各個擊破，因為那些真正相信亞斯藍的野獸可能隨時都會出現，而且搞不好猿猴的祕密會被拆穿。至於那些不理會太息神，也不理會亞斯藍，只管自己利益的人，一旦納尼亞成為卡羅門的行省，太洛帝肯定會大大地獎賞他們。』

「『說得好，黃貓，』隊長說，『不過要小心慎選對象。』」

當矮人在敘述時，天氣似乎變了。他們剛才坐下來時還陽光普照，現在迷糊開始發抖，朱爾也不安地搖頭，姬兒抬頭看看天上。

「天氣轉陰了。」姬兒說。

「而且好冷。」迷糊說。

「好冷，以獅子的名！」遜里安說，在他的手心哈一點熱氣，「而且，嘿，什麼味道？」

「噁！」尤斯提倒抽一口氣說，「好像死屍的味道。附近有死鳥嗎？為什麼我們剛才都沒注意到？」

這時朱爾掙扎著站起來，用他的角指著前方。

「看！」他大聲說，「你們看！看那邊！」

這時，六個人都看到了；同時都露出驚恐的表情。

8
老鷹帶來的訊息

他要我帶訊給國王陛下您。

他說：切記所有的世界終有結束的一天，高貴的死重如泰山，

是任何金錢也買不到的。

遠方森林深處有一塊空地，樹底下有個東西在動，正緩慢地往北方移動。猛地一看，你會以為那是一陣煙，因為他是灰色的，還可以用肉眼看穿，但那種腐臭的味道不是煙的味道。而且這東西是有形的，不像煙霧一樣縹緲，大致上可以看出是個人形，但是他有個鳥頭，一種有著鉤狀尖嘴的掠食鳥。他有四隻手臂高舉過頭，往北方伸去，彷彿要捕捉所有納尼亞人。他的手指——一共有二十根手指——和他的嘴一樣又尖又彎，像鳥類的爪子。他不是用走的，而是在草地上飄浮，凡是他經過之處的小草都顯得十分畏縮。

才看一眼，迷糊就驚叫一聲，慌忙衝進碉堡。姬兒（你知道的，她可不是個膽小鬼）嚇得用手捂著臉，不敢再看。其他人看了大約一分鐘，只見他像一陣煙似的，往他們右側的密林深處消失了。這時太陽又出來了，鳥兒也恢復歌唱。

大夥兒慢慢恢復正常，方才他們都像雕像一樣不能動彈，現在他們又能活動了。

「那是什麼東西？」尤斯提小聲問。

「我以前看過一次，」逖里安說，「不過那時候他是被刻在石頭上，上面貼了金箔，眼睛鑲上鑽石。我那時候的年紀和你們差不多大，有一次去太息邦——太洛帝的宮廷去作客，他帶我進去太息神的神廟。我就是在那裡看到的，刻在神壇上。」

「那——那個東西——就是『太息神』？」尤斯提說。

逖里安沒有回答，卻摟著姬兒，問道：「妳還好嗎，姑娘？」

「還——還好，」姬兒說，她的手從蒼白的臉上移開，勉強擠出一絲微笑，「我沒事，剛才是忽然覺得噁心想吐。」

「看來，」獨角獸說，「果然真的有『太息神』這回事。」

「是呀，」矮人說，「這個愚蠢的猴子，他不相信有『太息神』，一定會遭到嚴厲的懲罰！他召喚『太息神』，『太息神』果真來了。」

「他現在在哪裡——他——那個東西——走了嗎？」姬兒說。

「往北去納尼亞的心臟地帶，」逖里安說，「他是來現身給我們看的。

他們召喚他，他就來了。」

「呵，呵，呵！」矮人笑著說，搓著他毛茸茸的雙手，「猿猴一定會大吃一驚。如果不是有意，就不應該隨便召喚惡魔。」

「誰知道太息神會不會在猿猴面前現身？」朱爾說。

「迷糊哪裡去了？」尤斯提問。

大家都高聲呼叫迷糊的名字，姬兒甚至繞到碉堡後面看他有沒有在那裡。

大夥兒找了好久，好不容易才看見迷糊從碉堡的門裡面小心翼翼地探出他的灰色大頭，一面問說：「他走了嗎？」他們又費了一番勁才把他拖出來，只見他像遇見打雷的小狗一樣渾身發抖。

「我終於明白了，」迷糊說，「我果真是個很壞的毛驢。我不應該聽信席夫特的話，我沒想到這種事真的會發生。」

「你能不能不要再說你笨，不如多花點時間學聰明些——」尤斯提說，但是姬兒打斷他的話。

「噢，別再說他了，」她說，「這一切都是一場誤會；對不對，親愛的迷糊？」說著，在他的鼻子上親暱地親了一下。

大夥兒剛才雖然經歷一場驚魂，但現在他們又坐下來繼續商議。

朱爾沒有情報可說，他被俘虜時大部分時間都被綁在馬廄後面，自然聽不到敵人的陰謀。他曾經被他們踢（不過他也有踢回去）、被他們打，還被他們威脅要把他處死，除非他說相信每天晚上在火光下，被帶出來亮相的是亞斯藍。事實上，他們如果沒有來救他，他那天早上就要被處決了。他不知道那隻小羊的下場如何。

現在他們必須做的決定是：他們當天晚上要不要再去馬廄山，把迷糊帶給納尼亞人看，讓他們明白他們受騙了；或者，他們要不要偷偷地潛到東部，先與人馬倫威從凱爾帕拉瓦宮帶來的援軍會合，然後再回來一舉消滅猿猴和卡羅門人的部隊。

逖里安很想先進行第一個計畫，他恨透了猿猴繼續愚弄他的百姓。另一方面，矮人前一天晚上的舉動是個警訊，顯然就算他把迷糊的真相告訴大家，他們也不一定會相信。還有就是卡羅門士兵的人數，波金認為他們有三十人左右。遂里安相信，假如所有納尼亞人都站在他這邊，他和朱爾、加上孩子們和波金（不能指望迷糊），肯定有機會打敗他們。可是萬一有半數納尼亞人——包括全部矮人——袖手旁觀呢？或者，甚至對抗他們？這樣太冒險了。何況還有太息神的陰影，他會有什麼行動？

這時波金指出，讓猿猴多一、兩天自己去面對他的問題也無妨，他反正沒有迷糊可以秀給大家看，不管是他——或是大黃貓——要捏造藉口自圓其說並不容易。如果動物們每天晚上都要求見亞斯藍，他又交不出亞斯藍，那麼即使是最單純的野獸也會起疑心。

最後大家一致同意，最上策是先與倫威會合。

一旦做成決定，大家的心情都更開朗了。老實說，我不認為這是因為他們怕打仗（除了姬兒與尤斯提外），不過我敢說，每個人內心深處都很高興能遠離那個不管是看得見或看不見，此刻肯定已經陰魂不散地住在馬廄山的鳥頭怪物。總而言之，一旦做了決定，大家都鬆了一口氣。

遜里安說大家最好除掉偽裝，因為他們不希望被誤認為卡羅門人，半路說不定還會被忠心的納尼亞人攻擊。於是矮人從壁爐取出灰燼，又從油罐取出專門用來塗在劍上和箭鏃上的油脂，混合起來做成一團看起來很恐怖的東西，然後他們都脫下卡羅門人的鎧甲來到河邊。

那一團黏不拉幾的東西其實就是軟肥皂。只見遜里安和兩個孩子跪在小溪邊，互相擦洗對方的後頸，又吹又拍地把泡沫洗掉，構成一幅愉快的畫面。然後他們帶著一張紅通通、容光煥發的臉回到碉堡，看上去就像徹徹底底地洗了個澡準備參加宴會。他們重新打扮成納尼亞人的模樣，佩掛納尼亞人的長劍和三角盾。「我的天，」遜里安說，「這樣好多了，我覺得我又恢復成一個真正的人了。」

迷糊拚命哀求取下他身上的獅皮。他說這樣披著太熱了，而且它在背上摩擦很不舒服，況且，讓他顯得很可笑。不過他們告訴他，他必須再披一陣子，因為他們雖然要先與倫威會合，還是希望讓其他野獸看看這個謊言。

下午兩點，一行人出發了。這一天正是春暖花開的天氣，新抽的綠芽似乎比昨天更多了，積雪已經融化，甚至還長出幾朵報春花。陽光穿透樹枝灑下來，鳥兒在枝頭唱歌，淙淙水聲不斷（雖然看不見）。此情此景很難去聯想到恐怖的太息神。孩子們都覺得「總算又回到納尼亞」。連逖里安的心情都開朗了，他走在最前面，哼著古老的納尼亞進行曲，它的歌詞是這樣的：

呵，走，走，走，走，走
邁開大步向前走

國王後面是尤斯提和矮人波金，波金正在向尤斯提解說他已經忘記的納尼亞樹木、花鳥的名稱。有時尤斯提也會告訴他英國的植物名稱。

緊跟在他們後面的是迷糊，姬兒和朱爾緊緊走在最後面，姬兒已經愛上獨角獸了。她覺得他是她所見過（一點也沒錯）最亮眼、最細緻、最優雅的動物，說起話來又輕又溫柔，你一定想不到他作戰時有多麼勇猛。

「啊，**真好**，」姬兒說，「就像這樣走著。真希望能有多些像這樣的冒險，可惜納尼亞老是有事發生。」

但獨角獸告訴她，她錯了。他說納尼亞只有在發生動亂不安時，才會從另一個陌生的世界把亞當和夏娃的兒女帶來，但是她不能因此誤認這種事常常發生。事實上，他們幾度來訪中間都隔了好幾百年，甚至幾千年，承平時期的國王一個又一個，多到你記不得他們的名字，也數不清他們的數目，歷史書更無法詳盡地記載。他提到許多她從未聽過的古代的女王和英雄；提到比「白女巫」與「冬天大帝」更早的「白天鵝女王」，她長得非常美麗，每當她望著森林水池時，水池中反射的倒影入夜後便會像天上明星般放出光芒，時間長達一年又一天，他提到月森林野兔的大耳朵，他可以坐在大鍋湖畔的瀑布下，聽到人們在凱爾帕拉瓦宮說的悄悄話。他又提及「大風國王」，他是所有國王的始祖法蘭克之後的第九任國王，他航行遠至東方諸海，屠龍拯救寂島群島的居民，島民於是把寂島群島獻給他，從此成為納尼亞王室的屬地。他又提到幾世紀來納尼亞人過著幸福快樂的生活，夜夜笙歌，一天比一天幸福美滿。他滔滔不絕地說下去，幾千年來快樂的歲月在姬兒腦海中累積，她彷彿可以從高山上望見一片富饒美麗的平原，上面布滿森林、河流與玉米田，綿延無際，直到遠處看不見為止。於是她說：

「啊，我真希望我們能快快解決猿猴的問題，回到從前那些美好、平凡的時光。希望他們能一直永遠過著這種幸福快樂的生活。**我們的**世界終有結束的一天，說不定這個世界沒有。噢，朱爾，要是納尼亞能夠像你說的那樣永遠存在，那不是很美好嗎？」

「不可能的，好姊妹，」朱爾說，「所有的世界都有結束的時候，只有亞斯藍的國度沒有。」

「那，至少，」姬兒說，「我希望這個世界能維持好幾、好幾、好幾百萬年——哎呀！幹嘛停下來？」

國王與尤斯提，還有矮人，都看著天空。姬兒忍不住打了個寒顫，想起剛才看過的恐怖東西。但是這一次不是他，這個東西體型較小，襯著藍天呈黑色。

「我敢說，」獨角獸說，「從他的飛翔看來，他應該是一隻能言鳥。」

「我也這麼想，」國王說，「但來者是朋友，還是猿猴的間諜？」

「陛下，」矮人說，「依我看，他好像是老鷹『千里眼』。」

「我們要躲在樹下嗎？」尤斯提說。

「不要，」逖里安說，「最好像岩石一樣站著不動，假如我們移動，他肯定會發現我們。」

「看！他在盤旋，他已經發現我們了，」朱爾說，「他在繞大圈子準備下來。」

「備好弓箭，姑娘，」逖里安對姬兒說，「但是在我下令之前，千萬不要發射。他說不定是善意的。」

要是他們早知道後來要發生的事，就絕不會悠閒地看著這隻大鳥從天上滑下來。老鷹在距離逖里安不遠的一塊岩石上站定，向他低頭敬禮，用那奇特的老鷹嗓音說：「國王萬歲！」

「千里眼，平身，」逖里安說，「既然你尊我為國王，想必你不是猿猴和假亞斯藍的同謀，我很高興你的來臨。」

「陛下，」老鷹說，「等您聽過我帶來的消息，肯定會遺憾我的到來。」

逖里安一聽這句話，心臟似乎馬上停止跳動，但仍咬緊牙關說：「說吧。」

「我看見兩個情景，」千里眼說，「一個是凱爾帕拉瓦宮到處是納尼亞人的屍體，和活生生的卡羅門人，您的宮殿城垛上插滿太洛帝的旗幟，您的百姓紛紛逃出城外——躲進森林。凱爾帕拉瓦宮是被海上來的軍隊占領的，二十艘卡羅門大船昨天晚上趁著黑夜將它占領了。」

在場的人都說不出話來。

「另一個情景是人馬倫威的屍體，躺在距離凱爾帕拉瓦宮不到十五哩的地方，他的身上插著一枝箭。他在臨死前最後幾個鐘頭都和我在一起，他要我帶訊給國王陛下您。他說：切記所有的世界終有結束的一天，高貴的死重如泰山，是任何金錢也買不到的。」

國王沉默良久，最後說：「這麼說，納尼亞的氣數已盡。」

9

馬廄山大會

在場的觀眾一片鴉雀無聲，等著聽發生了什麼新麻煩。

躲在馬廄後面的一小群人也屏住氣在聽，

到底又出了什麼事？

有好一陣子，他們既不說話，也沒掉淚。後來獨角獸四隻蹄子在地上蹬了蹬，搖搖鬃毛，開口說話。

「陛下，」他說，「現在已經不需要保密了，猿猴的陰謀比我們想像的更深沉。無疑地，他早就和太洛帝祕密串通，他一發現獅皮，便立刻通知太洛帝準備進軍攻占凱爾帕拉瓦宮，殲滅全體納尼亞人。現在我們七個只有回去馬廄山，把真相公布，再面對假亞斯藍帶給我們的危機。假如奇蹟出現，我們能擊敗和猿猴在一起的那三十個卡羅門人，再回來誓死對抗很快就會從凱爾帕拉瓦宮派出的敵人軍隊。」

逖里安點頭，但他轉頭對孩子們說：「朋友，現在該是回去你們的世界的時候了，你們已經完成了你們被派來的使命。」

「可——我們什麼也沒做。」姬兒說，她在發抖，倒不是害怕，而是這一切聽起來太恐怖。

「不，」國王說，「你們把我從樹上救了下來，妳昨天晚上在森林裡像蛇一樣溜去把迷糊帶出來。你呢，尤斯提，你殺了敵人，但你還太小，不該捲入我們今晚——或者未來三天——肯定會遭遇的血腥的結局。我請求你——不，我命令你——回去你們的世界。如果我讓這麼小的戰士跟我並肩作戰，我會感到羞愧。」

「不，不，不，」姬兒說（她的臉一陣白、一陣紅），「不管您說什麼，我們都不會回去。無論如何，我們都會一直跟在您身邊，是不是，尤斯提？」

「是的，但是沒有必要這麼激動，」尤斯提說，他的兩隻手都插在口袋裡（忘了這個姿勢在穿著鎧甲的情況下看起來很怪異），「因為我們別無選擇。現在談回去有什麼用？如何回去？我們又沒有魔法！」

這話一點也沒錯，但在此刻，姬兒恨透了他這樣說。他總愛在大家情緒激動時，說一些令人討厭的事實。

逖里安明白這兩個陌生世界的人無法回去後（除非亞斯藍忽然把他們變回去），他改而要求他們越過南方山脈，進入亞成地，說不定在那裡會安全些。但是他們不知道路，也沒有人可以帶路。再說，正如波金所說，一旦卡羅門人占領納尼亞，接下來一個星期左右他們一定會進攻亞成地。太洛帝長久以來一直覬覦這些北方的國家。最後尤斯提和姬兒再三懇求，遜里安這才答應他們冒險與他同行——或者更理性的說法：「冒亞斯藍派給他們的危險。」

國王的第一個念頭是，天黑以前他們不應該回馬廄山——他們現在非常厭惡這個名字了——但矮人說，假如他們在白天抵達馬廄山，他們才能看清那個地方說不定早已被卡羅門人拋棄，或許只剩一個哨兵。野獸們都很怕猿猴（還有大黃貓）告訴他們的這個新亞斯藍——或太息神——他們都不敢接近這個地方，除非被迫叫來參加可怕的深夜聚會。卡羅門人更不善於在森林中活動。波金認為，即使在大白天，他們偷偷地躲在馬廄後面也並非難事。如果入夜後再去，那時猿猴可能會召集野獸們和卡羅門人備戰，他們的處境可就更艱難了。如果他們去了那裡，發現大家的確正在開會，他們可以先把迷糊藏在馬廄後面，誰也看不見，等到最後一刻再叫他出來。這個主意似乎相當不錯，因為他們唯一的機會便是給納尼亞人一個意外的驚喜。

大家都同意這個計畫。於是他們改變方向——現在要往西北方——朝向他們厭惡的馬廄山前進。老鷹有時飛在前頭，有時棲息在迷糊的背上。沒有人——甚至國王，除非實在萬不得已——敢騎在獨角獸身上。

這一次姬兒與尤斯提並肩走在一起。他們剛才請求與大夥兒同行時，表現非常勇敢，但現在一點也勇敢不起來。

「姬兒，」尤斯提小聲說，「老實告訴妳，我好害怕。」

「啊，你沒問題的，尤斯提，」姬兒說，「你能打的，我——我才真的在發抖，老實說。」

「啊，發抖算什麼，」尤斯提說，「我覺得我快吐了。」

「拜託，不要說**這種**話。」姬兒說。

他們默默地走了一會兒。

「姬兒。」尤斯提又說。

「什麼？」姬兒說。

「萬一我們死在這裡怎麼辦？」

「我想，我們就死了吧。」

「我的意思是，我們的世界會怎樣？我們會不會醒來，發現我們回到火車上？還是我們會消失，從此銷聲匿跡？還是我們會死在英國？」

「天哪，我倒沒想到這一點。」

「如果彼得和其他人看到我們從窗口向他們揮手，而火車到站卻不見我們的蹤影，那不是很奇怪！或者，如果他們發現兩具——我是說，如果我們死在英國。」

「啊，」姬兒說，「多可怕的念頭！」

「我們不會覺得可怕了，」尤斯提說，「反正我們不在了。」

「但願——唉，算了。」姬兒說。

「妳想說什麼？」

「我**想**說，但願我們沒來。不過，我不能這樣說，不能，不能，就算我們死了，我也寧願為納尼亞奮鬥而死，不願痴痴呆呆地老死在我們的家鄉。」

「或被英國的火車壓死！」

「你怎麼會說這樣的話？」

「噢，當火車發生猛烈的撞擊時——就是把我們拋到納尼亞來那一次——我還以為發生火車事故，所以當時我還很高興我們沒死，而是到了這裡。」

姬兒與尤斯提正在談話的當兒，其他人都在討論他們的計畫，漸漸地也就沒有剛才那麼絕望了。那是因為他們現在心裡想的，是今天晚上的事，而把納尼亞的前途——納尼亞昔日的光輝與歡樂都已成為昨日黃花的想法——暫時拋在腦後。他們如果停止說話，腦子裡立刻又會浮上痛苦不安的念頭，因此大家都不停地談話。波金想到晚上的任務，心情開始雀躍起來，他相信野豬和熊，說不定還有全部的狗兒，都會立刻支持他們。他不相信其他的矮人全都站在格里佛那一邊。在微弱的火光下作戰，以及進出森林，對較弱的一方將是最大的挑戰。還有，假如他們獲得今晚的勝利，是否會在幾天後與卡羅門人交鋒時陣亡呢？

何不躲在森林裡，甚至躲在比西部荒原、比大瀑布更遠的地方，過著流亡的生活，再慢慢養精蓄銳？因為能言獸和亞成地人會一天天加入他們的陣營。最後他們再從藏匿的地方出動，一舉掃蕩卡羅門人（那時他們早已鬆懈），納尼亞便光復了。這種狀況，從前米拉茲國王時代也曾經發生過！

逖里安聽了這些計畫，心想：「那太息神呢？」他深深覺得這種情況不可能發生，但是他沒有說出來。

逐漸接近馬廄山時，大家開始保持沉默。然後森林在望了；從第一眼望見馬廄山，到來到馬廄後面，他們整整花了兩個多鐘頭。這種情況很難形容，要詳細說起來得花好多、好多篇幅。從每一個掩體到下一個掩體，都驚險萬狀，中間都要等上好一段時間，還要發出許多假信號。如果你是個優秀的童子軍或女童軍，你就會知道了。到了黃昏，他們都安全地躲在馬廄後方大約十五碼的冬青樹後面，大家這才啃了幾口乾餅躺下來。

接著是最難過的部分：等待。幸好孩子們睡了一、兩個小時，不過，他們當然是被凍醒的。而且更糟的是，他們醒來後非常口渴，又沒機會去喝水。迷糊一直站著，緊張得直發抖，但是不敢作聲。遜里安靠著朱爾的身體，彷彿在凱爾帕拉瓦宮的龍床上一樣，睡得很熟，直到一聲鑼響把他驚醒。他坐起來，發現馬廄另一頭有火光，他知道時候到了。

「親吻我吧，朱爾，」他說，「今晚肯定是我們在這個世界的最後一天，以往我若有任何得罪你的大大小小地方，請你原諒我。」

「親愛的國王，」獨角獸說，「但願您有，這樣我才能原諒您。永別了，我們曾經一起度過許多快樂的時光。如果亞斯藍讓我選擇，我還是會選擇曾經擁有的生活，以及我們即將共同接受的死亡。」

然後他們叫醒千里眼，千里眼把頭藏在他的翅膀裡，睡得很熟（這使他看上去好像沒有頭）。他們小心翼翼往馬廄後面匍匐前進，但是叫迷糊暫時留在後頭（他們對他很和氣，因為現在沒有人會生他的氣了）。他們叫他不要動，靜靜等待他們派人來帶他。接著，大家便在馬廄的另一邊各就各位。

篝火才生沒多久，此刻剛剛冒出火焰。它距離他們藏匿的地方只有數呎，納尼亞的群眾都聚集在火堆的另一頭，遜里安起初看不清楚，不過他看到幾十對亮晶晶的眼睛反射著火光，就好像兔子或貓的眼睛在車燈的照射下一樣。遜里安才剛就位，鑼聲便歇了，他的左側出現三個人影，一個是卡羅門人隊長厲西達大公，第二個是猿猴，他被厲西達牽著手，正在哭泣，邊嗚咽著說：「不要走那麼快，不要走那麼快，我**一點都不**覺得舒服。啊，我的頭好痛！每天晚上開會開得我好累，猿猴不應該熬夜的，我又不是老鼠或蝙蝠——噢，我的頭！」猿猴的另一側是昂首闊步、尾巴高舉向天的黃貓大黃。他們正朝著篝火走去，越來越接近遜里安，如果他們往這個方向看過來，一定會發現他，幸好他們沒有。不過遜里安聽到厲西達以低沉的嗓音對大黃說：

「現在，黃貓，就位吧，看你表演了。」

「喵，喵，看我的！」大黃說。他經過篝火，在集合的動物群中最前排坐下，不用說，就是觀眾席。

事情的演變簡直像一場戲劇，納尼亞的群眾像是台下的觀眾；馬廄前、篝火旁，猿猴和隊長站著對群眾說話的一小塊草地，就像舞台；遜里安和他的一票朋友，就像從幕後在窺伺。這個地點絕佳，如果任何一個人跨出一步，在場所有的目光焦點立即會集中在他身上。相反地，只要他們安靜地躲在馬廄後面的暗處，百分之百沒有人會注意到。

厲西達把猿猴拖到篝火旁，他們既然面向群眾，當然就背向遜里安和他的朋友。

「現在，潑猴，」厲西達用低沉的聲音說，「對大家說點聰明的話，把頭抬起來。」說著，他從背後暗暗踢了他一腳。

「不要踢我。」猿猴席夫特說，但他還是坐直了身子，大聲說：「現在，大家聽著，一件可怕的事發生了，一件邪惡的事，一件納尼亞境內最邪惡的事，亞斯藍——」

「『太息藍』，笨蛋。」厲西達悄聲說。

「對，我是說『太息藍』，」猿猴趕快更正，「他非常生氣。」

在場的觀眾一片鴉雀無聲，等著聽發生了什麼新麻煩。躲在馬廄後面的一小群人也屏住氣在聽，到底又出了什麼事？

「是的，」猿猴說，「此刻這個可怕的東西就在我們中間——在我身後的馬廄裡面——一隻邪惡的野獸做出你們即使遠在千里之外也絕對不敢做的事。他在自己的身上披了一張獅皮，在森林裡走來走去，假裝他是亞斯藍。」

姬兒大惑不解，以為猿猴瘋了。難道他準備說出真相嗎？群眾中響起一陣怒吼。「嘩！是誰？他在哪裡？讓我們去修理他！」

「昨夜還在，」猿猴尖聲說，「但是現在他走了，他是一頭驢子！一頭平凡不過、可憐的笨驢！假如你們有人看見他——」

「嘩！」野獸們怒吼，「會的，會的，我們會看見他，最好別讓**我們**看見。」

姬兒看看國王，發現他嘴巴張得好大，滿臉驚愕的表情，這時她才明白，這些狡猾的敵人想出多麼邪惡的計謀，他們企圖在真真假假中更鞏固他們的謊言。現在告訴大家一頭驢假扮成獅子欺騙他們，會有什麼好處？——猿猴一定會說：「我就知道。」那麼，如果現在把披著獅皮的迷糊帶給大家看，有什麼好處？——他們鐵定會把他撕成碎片。

「推動帆船的風停了。」尤斯提小聲說。

「我們少了一個有利的條件了。」逖里安說。

「可惡，可惡，太聰明了！」波金說，「我敢說，這個新謊言一定是大黃貓想出來的。」

10
誰先進馬廄？

各位真過來我這邊吧，難道你們要坐以待斃，
等著你們的新主人一個個取走你們的性命？

姬兒覺得耳朵有點癢癢的，是獨角獸朱爾在她耳邊說悄悄話。只見她一面聽、一面點頭，躡手躡腳走到迷糊等候的地方，俐落地、不動聲色地把綁在他身上的獅皮繩索割斷。經過猿猴這一說，他再也不能被人發現他身上的獅皮了。她甚至想把這張獅皮藏得越遠越好，只是它太重了。她只能把它踢進茂密的草叢裡。然後她示意迷糊跟她走，與大家會合。

猿猴又說話了：

「發生這件可怕的事後，亞斯藍——太息藍——更生氣了，他說他以前對你們太好，每天晚上都出來給你們看！好，他以後再也不出來了。」

動物們都發出各自不同的尖叫和哭喊，這時，忽然有個不一樣的聲音大笑說：

「聽猿猴的鬼話，」那個聲音說，「我們都知道他為什麼不把他的寶貝亞斯藍帶出來，我告訴你們為什麼：因為他根本就沒有亞斯藍。他什麼都沒有，只有一頭身上披著一張獅子皮的笨驢。現在笨驢不見了，他不知道怎麼辦了。」

逖里安看不清楚篝火另一邊的情形，不過他猜測說話的人是矮人首領格里佛。接著他肯定他的猜測沒錯，因為在場的矮人這時都齊聲說：「不知道怎麼辦！不知道怎麼辦！不知道怎麼辦——！」

「安靜！」厲西達大吼，「安靜！大地之子！聽我說，你們這些納尼亞人，否則我會下令我的戰士把你們消滅。席夫特勛爵已經把那隻邪惡的驢子真相告訴你們，你們以為因為他這樣，馬廄裡就沒有『真正的』太息藍嗎？你們說呢？說！說！」

「沒有，沒有。」大多數群眾都說，但矮人說：「不錯，黑鬼，你說對了，來啊，猴子，讓我們看看馬廄，眼見為憑。」

這時全場都沉默下來。猿猴說：「你們矮人自以為最聰明，是嗎？但是，不用急，我沒說你們不能見太息藍。任何人想見都可以見到他。」

全場都靜下來，過了一會兒，熊慢慢條斯理地說：

「我不明白，我以為你說——」

「**你**以為！」猿猴說，「你算老幾。你們都聽著，誰都可以見太息藍，不過他不出來，你們必須進去見他。」

「啊，謝謝你，謝謝你，太謝謝你了，」幾十個聲音說，「這正是我們想要的！我們可以進去當面見他，現在他不凶了，他會恢復以前的仁慈的。」鳥兒們吱吱喳喳地談論，狗兒們也興奮地吠著。現場忽然引起一陣騷動，大家紛紛站起來，準備衝進馬廄。

但猿猴大叫：「回去！安靜！不要太快！」

野獸們停頓下來，許多爪子舉在半空中，還有許多仍在搖尾巴，大家都偏著頭看他。

「你不是說——」熊說，但席夫特不等他說完，便插嘴說：

「任何人都可以進去，但是一次只能一個。誰先進去？他可沒說他心情很好喔。他自從昨天晚上吃掉邪惡的國王後，就不斷地想吃東西。今天早上還大發雷霆呢。我今晚可不敢進去。不過你們愛不愛進去，隨便你們。誰先進去？萬一進去被他吃掉，或被他可怕的眼睛嚇得變成灰，可別怪我，那是你自己的事。好了，現在誰要先進去？矮人要不要？」

「搞不好一進去便被殺掉！」格里佛說，「我們怎麼知道裡面是什麼東西？」

「哈，哈！」猿猴笑說，「這回你們又相信裡面『有』東西了？哼，你們這些野獸剛才還大小聲，現在怎麼都成了啞巴了？誰要先進去？」

野獸們都互相我看你、你看我，慢慢退回原地。現在許多動物不再搖尾巴了。猿猴跳來跳去譏笑他們。「呵——呵——呵！」他笑著說，「我以為你們都急著進去見太息藍！改變主意了，嗄？」

逖里安側著頭，聽姬兒在他耳邊說悄悄話。

「你想那裡面是什麼東西？」她說。

「誰知道。也許是兩個卡羅門人拿著刀，躲在門的兩旁。」

「你想會不會，」姬兒說，「會不會……會不會是……我們見過的那個可怕東西？」

「那個『太息神』？」逖里安小聲說，「不知道。不過，勇敢一點，孩子，我們都在真正的亞斯藍庇佑之下。」

這時，令人意想不到的事發生了。大黃貓用冷靜、清晰的聲音說：「我先進去好了。」

每個人都轉頭去看他。「其中必有玄機，陛下，」波金對國王說，「這隻惡貓壞透了，所有的陰謀都是他策畫的，我敢說，不管馬廄裡面是什麼東西，都不會傷害他。大黃貓一定會出來說他看到奇蹟。」

但遜里安還來不及回答他，猿猴便把貓叫上來。

「呵——呵！」猿猴說，「一隻典雅的波斯貓要當面見他，那就來吧！我來替你開門。萬一被他嚇到，可別怪我，那是你自己的事。」

於是貓站起來，從群眾中走出來，趾高氣揚地走著。他一直走到篝火旁，距離遜里安非常近了，躲在馬廄旁的人才看得清他臉上的表情。他翠綠的大眼眨也不眨一下。（「像一根黃瓜一樣冷靜。」尤斯提小聲說，「他知道沒有什麼好害怕的。」）猿猴笑著，做了個鬼臉，匆匆趕上前，舉起爪子，拔開門閂，把門打開。遜里安以為他可以聽到大黃貓一面「喵，喵」地走進去。

不料他聽到的是「啊——唉唷喂——」一聲驚天動地的慘叫聲，如果你曾在夜深人靜時被屋頂上打架或叫春的貓吵醒，就是那種恐怖淒涼的叫聲。

不但如此，大黃貓還以飛快的速度，從馬廄飛奔而出，把猿猴撞個四腳朝天。如果你不知道那是一隻貓，一定會以為那是一道薑黃色的閃電。只見他像箭一般越過草地，往群眾中間逃去。誰也不想在這種情況下被撞到，因此大家紛紛往左右兩旁閃避。大黃貓一個箭步躍到樹上，到處亂鑽，最後頭下腳上倒掛在樹枝上。他的尾巴每根毛髮都豎立，蓬鬆得和身體一樣粗，眼睛像兩盞點燃的綠火，背上的毛也根根直立。

「我願意送出我的鬍子，」波金說，「如果我能知道這個痞子是假裝的，還是他真的在裡面看到什麼東西，讓他嚇成這副德性。」

「不要說話，朋友。」逖里安說，因為卡羅門隊長與猿猴也在竊竊私語，他想聽聽說些什麼。但是他未能如願，只有聽到猿猴又一次哀鳴：「我的頭，我的頭！」不過他有個感覺，他們似乎和他一樣，也對大黃貓的行為感到大惑不解。

「大黃，」隊長說，「別再發出那種可怕的噪音了，告訴大家你看到什麼。」

貓卻只會發出「啊——啊——啊唷——啊喂」的尖叫。

「你不是一隻**能言**貓嗎？」隊長說，「快別鬼叫了，說呀。」

接下來的情景很恐怖，逖里安確信（其他人也都一樣）大黃貓是想說話，但他只能發出普通的貓發怒或驚恐害怕的雜音，而且他越唉唉叫，他的模樣越不像能言獸。其他野獸都在不安地竊竊私語。

這時熊先開口了：「你們看，你們看！他不會說話了，他忘了怎麼說話了！他變回一隻普通的動物了，瞧他的樣子。」

大家都看到了，在場的納尼亞野獸這時都感到非常害怕，他們都知道——從小時候就被教導——亞斯藍在開天闢地之始把納尼亞的野獸變成能言獸，並且告誡他們，如果他們不乖，說不定有一天他們會被變成和其他國家看到的沒有智慧的野獸一樣。「大禍臨頭了。」他們都在哀號。

「救命！救命！」野獸們哀求，「饒了我們吧，席夫特勛爵，請為我們向亞斯藍求情，你一定要進去替我們向他求情。我們不敢，我們不敢。」

大黃貓逃入森林深處，從此再也沒有人見到他。

遜里安握著他的劍，低著頭。他被這天晚上發生的恐怖事件嚇得頭昏眼花，原本他覺得最好是拔出劍來，立刻衝出去和卡羅門人格鬥，可是念頭一轉，他又覺得最好還是再等一等，看看事情的發展如何再做最好的打算。這時候，新的轉機又來了。

「父親，」左邊的群眾中傳出一個清脆悅耳的聲音，遜里安立刻知道說話的人是卡羅門人，因為在太洛帝的軍隊中，普通士兵都稱呼軍官為「主人」，但是軍官都稱呼他們的長官為「父親」。姬兒和尤斯提不知道這種關係，不過他們往說話的方向看過去，立刻看到說話的人，因為在群眾兩旁的人靠著光源，比在中間的人更能看清那個方向。說話的人很年輕，身材高大瘦削，雖然和所有卡羅門人一樣黝黑傲慢，卻長得很英俊。

「父親，」他對隊長說，「我也想進去。」

「住口，埃米司，」隊長說，「誰叫你說話的？這裡輪不到你們小孩子說話。」

「父親，」埃米司說，「我雖然比您年輕，但我和您一樣，也有大公的血統，同時我也是太息神的僕人，所以……」

「住口，」厲西達說，「我不是你的隊長嗎？這個馬廄與你無關，這是納尼亞人的事。」

「不，我的父親，」埃米司說，「您說過，他們的『亞斯藍』和我們的『太息神』是一體的兩面，如果這是真的，那麼『太息神』就近在眼前，您怎能說我與他無關呢？如果我能看到『太息神』一眼，就算叫我死一千遍，我也心甘情願。」

「你是個傻瓜，你什麼也不懂，」厲西達說，「這是重要的事。」

埃米司的表情變嚴肅了，「難道『太息神』與『亞斯藍』是同一個人的話不是真的？」他問道，「難道猿猴是在騙我們？」

「他們當然是同一個。」猿猴說。

「你發誓，猿猴。」埃米司說。

「唉，我的天！」席夫特呻吟說，「拜託，別再煩我了。我頭痛死了。好，好，我發誓。」

「那麼，父親，」埃米司說，「我決心進去了。」

「傻瓜。」厲西達說，但是矮人這時都開始大叫：「怎麼啦，黑鬼？為什麼不讓他進去？為什麼你讓納尼亞人進去，偏偏不讓你們的人進去？你在裡面藏了什麼，所以你不願意你的同胞看見？」

逖里安和他的朋友們只能看到厲西達的背影，因此當他聳聳肩回答時，他們看不見他臉上的表情。厲西達大公說：「大家都看到了，我與這個少年愚笨的血統無關。進去吧，魯莽的孩子，動作快一點。」

於是，就如大黃貓一樣，埃米司昂首闊步走過篝火和馬廄中間的一小塊草地，他的兩眼炯炯有神，他的表情肅穆，他的手握著劍鞘，他的頭高高抬起。姬兒看著他的臉，覺得想哭。朱爾則在國王的耳邊悄聲說：「我以獅子的鬃毛起誓，我喜歡這個年輕的戰士，雖然他是個卡羅門人。他值得比太息神更好的神庇佑他。」

「我真想知道裡面到底是什麼。」尤斯提說。

埃米司打開門，進入黑洞洞的馬廄，隨手把門關上。過了片刻——不過感覺上似乎更久——門再度打開，一個穿著卡羅門鎧甲的人滾出來，仰天躺在地上不能動彈，門隨後又關起來。隊長跳上去彎腰察看，他的臉上露出吃驚的表情，但他隨後立即恢復正常，轉向群眾，大聲說：

「這個魯莽的孩子已經如其所願，他已經見到太息藍，並且死了。你們要記取他的教訓。」

「我們會，我們會。」眾野獸大聲說。但逖里安和他的一票朋友仔細看過死去的卡羅門人後，都面面相覷，因為他們的距離比群眾近，能夠看清其他人看不到的事實：原來這個死去的卡羅門人不是埃米司，而是一個年紀較大，比較胖，比較矮，臉上蓄著濃密鬍鬚的人。

「呵——呵——呵，」猿猴笑著說，「還有人嗎？還有人要進去嗎？既然你們都這麼害羞，那就由我來挑選下一個。你，野豬！你進去，把他趕上來，卡羅門人。**讓**他面對面看看『太息藍』。」

「喔——」野豬嘟囔著，掙扎著站起來，「好吧，試試我長牙的厲害。」

當遜里安看到這隻勇敢的野獸準備為他的生命搏鬥——卡羅門人這時都已經摩拳擦掌，準備拔刀出來——卻沒有一個人願意出來為他解圍，他再也忍不住了。他再也顧不了此刻是不是出面干預的最佳時機。

「拔劍，」他對同伴小聲說，「備妥弓箭，同伴們。」

於是在場的納尼亞人都吃驚地看見七個形影跳到馬廄前，其中四個人身穿閃亮的鎧甲。國王在頭上揮動寶劍，劍身發出閃亮的光輝，他高聲說：

「我，納尼亞國王，我站在這裡，以亞斯藍之名證明『太息』是個邪惡的魔鬼，猿猴是個多方討好的虛偽的叛徒，這些卡羅門人更是該死。各位真正的納尼亞人，過來我這邊吧，難道你們要坐以待斃，等著你們的新主人一個個取走你們的性命？」

11
情勢急轉直下

每一秒鐘都有增加，他們從四面八方跑上來，

他們是新來的卡羅門人。

這些新來的卡羅門人手上都拿著長矛。

他們的人數太多了，多到她幾乎看不到她的朋友。

厲西達大公像閃電般，立刻往後跳出國王的劍尖之外。他不是個膽小鬼，必要時，他甚至會和逖里安與矮人單打獨鬥，但他無法同時對抗老鷹和獨角獸。他知道老鷹會衝向他，啄瞎他的眼睛。他也聽他的父親說過（他曾經與納尼亞人發生戰鬥），除了用箭或長矛，否則沒有人打得過一隻獨角獸，因為當他撲向你時，他的腿、他的角，還有他的牙齒都會同時對付你。因此他趕快逃進人群中，大聲喊說：

「歸順我，歸順我，太洛帝的戰士們。所有忠實的納尼亞人，歸順我，否則『太息藍』會對你們發威！」

這時，另外有兩件事也發生了。猿猴不像厲西達那麼快就意識到他自身的危險，有好一會兒工夫，他還在篝火旁瞪著這些不速之客發牢騷。只見逖里安衝上去，抓起猿猴的衣領，把他推到馬廄門口，一面大聲說：「開門！」波金把門打開。「自己進去試試看，席夫特！」逖里安說，將猿猴一把推進黑暗裡。但是當矮人波金用力把門關上後，馬廄突然射出一股強烈的藍綠色光芒，大地震動，裡面傳出怪異的雜音——有「嘎，嘎」聲，還有尖叫聲，聽起來好像某種怪鳥粗嗄的叫聲。野獸們哀嘆、嚎哭，不斷大聲喊叫：「太息藍！救救我們！」許多野獸倒在地上，有的則用他們的翅膀或爪子蒙著臉。這麼多野獸中，只有視力最好的老鷹千里眼注意到厲西達的表情。他發現厲西達和大家一樣吃驚，幾乎可以說是害怕。

「這個傢伙，」千里眼心想，「把他原本不相信的鬼神給召來了，他們來了會如何對待他呢？」

第三件事——也是同時發生——是當天晚上唯一令人寬慰的事，會中的每一隻能言狗（一共有十五隻）都跑到國王身邊又叫又跳。他們都是體型很大的大狗，有厚實的肩膀和肥厚的腳掌。他們來勢洶洶，彷彿海邊拍打沙灘的巨浪，一波浪來便能把你擊倒。他們雖然是能言狗，骨子裡卻還是普通的狗，喜歡用後腿站立，兩隻前爪搭著人類的肩膀，熱情地舔他的臉。每一隻狗都異口同聲說：「歡迎！歡迎！我們來幫忙，我們來幫忙，幫忙，幫忙，幫忙。告訴我們如何幫忙，告訴我們，告訴我們，如何——如何——如何？」

他們表現得如此親熱，讓人忍不住想哭。他們總算看到他們希望的景象。過了一會兒，幾隻小動物（老鼠、鼴鼠、松鼠等等）也聚攏來，吱吱喳喳高興地說：「看啊，看啊，我們來了。」然後熊和野豬也過來了，尤斯提開始覺得事情好像慢慢有轉機了，也許一切都會非常順利。但逖里安四下看了看，發現只有少數幾隻動物在動。「過來我這邊！過來我這邊！」他大聲說，「難道我登基成為你們的國王後，你們反而變膽小了嗎？」

「我們不敢，」幾十個聲音齊聲說，「太息藍會生氣，我們怕太息藍。」

「那些會說話的能言馬都在哪裡？」逖里安對野豬說。

「我們有看到，我們有看到，」老鼠吱吱說，「猿猴叫他們去做工，他們都被綁起來——綁在山腳下。」

「那麼，你們這些小東西，」逖里安說，「你們這些齧齒動物，快點去看看能言馬是不是站在我們這一邊，如果是，快快用你們的牙齒咬斷繩索，救出能言馬，把他們帶到這裡。」

「遵命，陛下。」幾個細小的聲音說，一溜煙地離開了。遜里安慈愛地含笑看著他們離去。但是，思考其他事情的時刻到了，因為厲西達正在發號施令。

「攻啊，」他說，「盡可能活捉他們，把他們都趕進馬廄裡，等他們進去，立刻放火把他們燒了，把他們獻給偉大的太息神。」

「哈！」千里眼自言自語，「原來他用這種方法來贏取太息神原諒他的不信任。」

敵人的陣線──大約是厲西達的一半武力──開始往前移動，遜里安根本沒有時間下命令。

「姬兒，妳到左邊，設法在他們攻上來前射殺他們，野豬和熊跟在她旁邊，波金在我左邊，尤斯提在我右邊。朱爾，你守右翼。迷糊，你在他旁邊待命，記得大聲噓他們。千里眼，你從高空俯衝攻擊。你們這些狗兒在我後面，等雙方開始短兵相接，你們就衝進他們的陣隊裡。亞斯藍與我們同在！」

尤斯提的心跳得好快，他好希望自己能更勇敢些。他從未遇見過比這些黑臉、目光炯炯的人更令他深惡痛絕（雖然他曾經見過龍和大海怪）。這裡一共有十五個卡羅門人、一頭納尼亞的能言公牛、狐狸小滑，以及狼人雷格。接著他聽到他的左側傳來「咻——嗤」的一聲，一個卡羅門人應聲而倒，緊接著又「咻——嗤」一聲，狼人也倒下去。「噢，好極了，幹得好，姑娘！」逖里安的聲音傳來；這時敵人開始衝上來了。

尤斯提記不得後來這兩分鐘到底發生了什麼，一切都彷彿一場夢（好像你發高燒到華氏一百度時做的夢），直到他聽到厲西達的聲音從遠處傳來：

「撤退，退回去重整隊伍。」

這時尤斯提才恢復神智，他看到卡羅門人退回他們的陣營，只不過這時已經有兩個卡羅門人躺在地上，一個被朱爾的角刺死，一個被逖里安的劍刺死。狐狸躺在他的腳下，也死了，他不知道是不是他殺的。公牛也躺在他附近的地上，一隻眼睛被姬兒的箭射穿，一邊身體則被野豬的獠牙刺穿一個大洞。不過我方也有傷亡，三隻狗陣亡了，還有一隻跛著腳在呻吟；熊躺在地上，痛苦地蠕動，然後他從喉嚨深處吐出臨終前的最後一句話：「我——不——懂。」於是頭一歪，像嬰兒睡覺般安靜不動了。

事實上，敵人的第一波攻勢失敗了。但尤斯提高興不起來，他口好渴，他的手臂也很疼痛。

挫敗的卡羅門人回到他們的陣營，卻遭到矮人的恥笑。

「打夠了沒，黑鬼？」他們大聲吆喝，「不喜歡嗎？你們偉大的大公為什麼不自己去，卻叫你們去送死？可憐的黑鬼！」

「矮人，」迦里安大聲說，「過來這裡，用你們的劍，不要只會用舌頭。你們還有機會，納尼亞的矮人！我知道你們會打仗，回來與我們結盟。」

「是啊，」矮人揶揄說，「那可不，你和他們一樣，都是騙子。我們不要什麼國王，矮人要做自己的主宰。咘！」

這時候，鼓聲又出現了，但這次不是矮人的鼓聲，而是卡羅門人的公牛皮大鼓的聲音，孩子們打從一開始便非常痛恨的聲音：**咚——咚——砰——**

砰——咚——要是他們知道這種鼓聲的意義，他們一定會更痛恨。逖里安便知道。它的意思是有其他的卡羅門部隊在附近，而厲西達正在向他們求救。逖里安與朱爾難過地互相對視，他們才開始希望這天晚上說不定會獲勝，可是如果新的敵人再出現，他們只能做最後的打算。

逖里安失望地看看四周，有幾個納尼亞人和卡羅門人站在一起，不知道是叛變，或是真的害怕「太息藍」。還有幾個坐著不動，冷眼旁觀，哪一邊都不參加。不過現場的動物少多了，顯然已經有一部分在混戰中悄悄溜走了。

咚——咚——砰——砰——咚——可怕的鼓聲又出現，但是另外還有一種聲音夾雜在裡面，「聽！」朱爾說。接著，千里眼也說：「聽！」一會兒後他們已經可以正確無誤地辨認出來，那是一陣如雷般的奔騰聲，伴隨著馬鬃的飛揚、賁張的鼻息，一群昂首奔馳的能言馬正撒開蹄子往山上飛奔而來。那群小齧齒動物完成他們的任務了。

矮人波金和孩子們張開嘴正要歡呼，但聲音還沒出口，忽然聽到空中傳來一陣陣「咻——咻」的射箭聲，原來是矮人們在射箭——但是姬兒簡直不敢相信她的眼睛——他們正在射殺那群能言馬。矮人本來就是神射手，只見馬兒接二連三倒下，竟然沒有一匹能到達國王的跟前。

「這些小**侏儒**，」尤斯提恨得咬牙切齒，尖聲說，「混蛋、臭蛋、卑鄙無恥的小人。」

連朱爾都說：「陛下，要不要我去追趕這些矮人，用我的角一次刺穿他十個？」

但迩里安繃著一張臉，嚴峻地說：「不要輕舉妄動，朱爾。親愛的，如果妳要哭（後面這一句是對姬兒說的），就把妳的臉轉開，不要把妳的弓沾濕了。還有，尤斯提，不要像個廚房的雜工一樣咒罵，戰士是不開口罵人的，要就說禮貌的話，除此以外，他的唯一語言便是迎頭痛擊。」

但是矮人仍揶揄尤斯提：「很意外吧，小男生？你以為我們會站在你這邊，是嗎？不要怕，我們不需要能言馬，我們也不希望你們勝過另一邊，你們不用把我們算在內，矮人要做自己的主宰。」

厲西達還在和他的部下說話，無疑是在進行下一波攻勢的安排，說不定還希望能把他的全體部隊送到第一線。鼓聲又響起了，這一次遜里安和他的友人們都大吃一驚，因為他們聽到從遙遠的地方傳來回應的鼓聲，另外一支卡羅門人部隊已經接到厲西達傳送的訊號，正在趕來救援。從遜里安的表情看來，他似乎已經放棄希望了。

「聽著，」他以大勢底定的語氣說，「我們現在必須進攻，否則敵人的援軍要到了。」

「陛下請三思，」波金說，「我們背後便是馬廄堅固的木牆，如果我們進攻，我們不會被包圍，劍尖對著自己人嗎？」

「我知道，矮人，」遜里安說，「可是他們的計畫不正是要迫使我們進入馬廄？所以我們離開這扇死亡之門越遠越好。」

「國王說得對，」千里眼說，「遠離這間遭到詛咒的馬廄，管他裡面有什麼妖怪，無論如何也要離開。」

「是的，我們走吧，」尤斯提也說，「我開始痛恨它了。」

「好，」遜里安說，「現在看看我們的左前方，那裡有一塊大岩石，在篝火旁像白色大理石那一塊。首先，我們先攻擊卡羅門人。小姑娘，妳往我們左側移動，一面以最快的速度向他們的方向射箭；老鷹，你從右側往他們臉上撲過去。我們其他人也同時發動攻擊。等雙方十分接近了，姬兒，那時妳不能再射箭了，因為怕會射到我們，妳就躲到白石後面等候。你們其餘的在作戰時也要睜大眼睛，我們必須在短時間內把他們打得落花流水，否則就來不及了，因為我們的人數比他們少很多。一旦我喊『回去』，大家要立刻衝向白石，姬兒躲藏的地方，我們可以藉著它稍稍喘一口氣。現在，動手，姬兒。」

姬兒萬分孤單地往前跑了大約二十呎，然後右腳往後退，左腳向前，站定姿勢，取出一枝箭搭在弦上。她真希望她的手不要太抖。

她朝敵人射出第一箭，箭身往敵人的頭上飛過去，「射得好爛！」她說。但她立即又搭上第二箭，她知道此刻最重要的是把握時機和速度。她同時看到一個又大又黑的東西，往卡羅門人的臉上撲過去，那是千里眼。他先是往第一個人臉上撲去，接著第二個，兩人都扔下手上的劍，舉起雙手護著眼睛。這時她的箭射中一個人，另一箭射中一隻納尼亞狼，大概是叛敵的狼。

但她才射了幾秒鐘就停手了。在一片刀光劍影中，以及野豬的獠牙與朱爾的獨角助陣，加上能言狗的狂吠，逖里安和他的夥伴們像跑百米一樣，快速地逼退敵人。姬兒很驚訝卡羅門人似乎毫無準備，她不知道這其實是她和老鷹立下的功勞。任何部隊遭遇箭如雨下，以及老鷹不斷攻擊的情況時，都很難安定軍心。

「啊，太好了，**幹得好！**」姬兒大叫。國王的人馬正深入敵陣，獨角獸把人拋出去的模樣，就好像農夫用鐵耙把稻草拋出去一般。姬兒覺得連尤斯提都像個高明的劍客（他其實不大會用劍）。能言狗則咬住敵人的喉嚨。終於快了，他們快要得勝了！

然而，姬兒發現一個非常恐怖的現象，雖然納尼亞人每次把劍一揮，總有卡羅門人倒下，但他們的數量卻似乎不見減少，事實上，他們的人數比剛才開始戰鬥時更多了，每一秒鐘都有增加，他們從四面八方跑上來，他們是新來的卡羅門人。這些新來的卡羅門人手上都拿著長矛。他們的人數太多了，多到她幾乎看不到她的朋友。

然後她聽到逖里安大聲說：

「退！退到岩石後面！」

敵人的援兵到了，鼓聲果然發揮作用。

12

馬廄內的真相

現在他明白了，敵人一開始便有意引他進入馬廄。

他一面思忖，一面仍然奮力殺敵。

姬兒本來就應該在岩石旁等候，但她觀看戰鬥看得太入迷，竟忘了她該遵守的命令，現在她想起來了。她立刻轉身跑過去，幾乎和其他人同時抵達。也因為這樣，他們撤退時是背對著敵人的。他們跑到岩石旁後，立即轉身，就在這時，他們看到一個很恐怖的景象。

一個卡羅門人肩上扛著一個又踢又打的東西，往馬廄的門跑去。當他跑到篝火附近時，他們看清了那個卡羅門人的模樣，和他扛在肩上的人——那是尤斯提。

逖里安與獨角獸立刻奔過去拯救他，但卡羅門人比他們更接近馬廄，他們跑不到一半路，那個卡羅門人已經把尤斯提扔進馬廄內，並把門關上。他們在馬廄外的空地排成一列，任誰也別想進去了。

姬兒還記得要把頭別開，遠離她的弓。「即使我不能停止哭泣，我**也不能**沾濕我的弓弦。」她說。

「小心箭。」波金突然說。

大家都紛紛躲開，把頭盔拉下來蓋住鼻子。狗兒們往後縮，雖然有幾枝箭往他們這邊射過來，但顯然目的並不在置他們於死地。格里佛和他的矮人又開始射箭了，這一次他們的對象是卡羅門人。

「緊跟上去，孩子們！」格里佛說，「萬箭齊發，小心。我們不再需要卡羅門人了，我們也不需要猴子、獅子或國王。矮人要做自己的主宰。」

不管怎麼說，你都不得不承認他們的確很勇敢。他們有本事輕易地逃到安全的地方，但他們卻寧願留下來，盡可能殺光雙方的人馬，除非兩邊互相殺戮，省了他們的麻煩。原來他們也想將納尼亞據為己有。

只有一點他們沒有考慮到，卡羅門人身上都穿著鎧甲，不像剛剛那些身上沒有防護的能言馬。而且卡羅門人還有個領袖。他們的領袖厲西達正在發號施令：

「你們三十個看好岩石那邊的傻瓜，其餘的跟我來，給這些地底下的矮子一點教訓。」

逖里安和他的朋友們仍然因為方才的打鬥而喘氣不已，幸好有一點時間讓他們稍稍休息一下，看大公帶領他的手下對付矮人。此刻的景致相當詭異，篝火逐漸轉弱，它的光芒已經沒有剛才那麼熾盛，而且轉為暗紅色。視線所到之處，整個空地幾乎是空的，只剩矮人和卡羅門人在相互廝殺。在這樣的光線下，很難分辨誰勝誰負，不過從聲音聽來，似乎矮人占了上風。逖里安不時聽到格里佛發出狂語，大公則不時大叫：「盡可能活捉！活捉他們！」

無論如何，戰鬥終究告一段落，嘈雜的聲音漸漸平息，姬兒看到大公回到馬廄，後面跟著十一個卡羅門人，每個人各拖著一個五花大綁的矮人（至於其他矮人是陣亡了，或者逃走了，則不得而知）。

「把他們扔進『太息神』的聖壇。」厲西達大公說。

當十一個矮人接二連三被推進或踢進門裡，又把門關上後，厲西達對著馬廄深深一鞠躬，說：

「這些也是用來送給您享用的，我主太息。」

在場的卡羅門人舉起劍，在他們的盾上用力敲一下，大聲喊：「太息！太息！太息！偉大的神太息！永恆的太息！（他們現在不胡亂稱祂為「太息藍」

了。）」

據守在岩石旁的一小群人注視著這一切，彼此互相低語。他們發現岩石上有一小涓泉水流下來，大家都拚命喝。姬兒、波金和國王用手捧著喝，其他四條腿的則從岩石腳下形成的一小灘水舔著喝。他們都太渴了，因此喝起來覺得格外甜美可口，精神也隨之大振，一切雜念都消失了。

「我打從骨子裡感覺，」波金說，「明天天亮以前，我們全體都會一個接一個穿過那扇漆黑的門。我可以想出一百種比它更好的死法。」

「那真是一扇陰森的門，」遜里安說，「其實它倒更像一張嘴。」

「噢，難道我們**沒辦法**阻止它嗎？」姬兒顫抖著聲音說。

「沒，可愛的朋友，」朱爾說，用鼻子輕輕摩擦她，「它說不定是使我們更接近亞斯藍的門，我們今晚就是他的座上賓。」

厲西達背對著馬廄，慢慢走到白色岩石前方。

「聽著，」他說，「如果野豬、狗兒和獨角獸歸順我，向我求情，我就饒他們一命。野豬會被送去太洛帝的農場。狗兒會被送去太洛帝的狗園，至於獨角獸，等我把他的角鋸下來，他就可以拉車了。不過，老鷹、孩子們，還有那個過氣的國王，今晚都要送給太息神。」

他所得到的答覆是一陣怒吼。

「上啊，戰士們，」厲西達說，「殺光野獸，兩條腿的留下來。」

於是，納尼亞最後一任國王的最後一場戰役開始了。

最令人束手無策的是，除了敵人的人數增多外，其次就是長矛了。和猿猴在一起的卡羅門人幾乎都沒有攜帶長矛。那是因為他們多半三三兩兩入境納尼亞，假扮成愛好和平的商人，當然不可能攜帶長矛，因為長矛是掩藏不住的。新來的卡羅門人一定是在猿猴的勢力日漸茁壯，卡羅門人敢公開出現後才來的。長矛使局勢為之改觀；有了長矛，你可以在野豬的獠牙刺到你之前先刺中他；可以在獨角獸的角刺中你之前，先刺中他──如果你的動作夠快、腦筋也夠清楚的話。此刻一排長矛正對著逖里安和他的最後一批朋友而來，下一分鐘他們就要做殊死戰了。

從另一方面來說，它其實沒有想像中那麼慘。當你使盡每一條肌肉──

閃躲矛尖、跳前跳後、往前衝刺、向後躲避、轉身——你實在沒有太多時間去害怕或傷心。

遜里安知道他已經無能為力保護他的朋友，他們全都命在旦夕。他隱約看見野豬在他的一旁倒了下去，朱爾在另一旁奮勇殺敵。他又從一邊眼角，瞥見一名高大的卡羅門人正拽著姬兒的頭髮把她拉開。但他無暇多想，他此刻正全心全意豁出他的性命。糟糕的是，他無法保住他在白石下的據點。當一個人同時對付十幾個敵人時，他一定要把握任何可能的機會，攻擊敵人暴露在外的胸部或頸部。而兩三下攻擊，你很可能就遠離你原來的據點。遜里安很快發現，他越來越往右邊移動，距離馬廄更近了。他的腦中隱約意識到有某種理由使他遠離這個據點，但他想不起來什麼原因，再說，他也不由自主。

然而，就在一剎那間，一切都明朗了。他發現他正在和厲西達決鬥。篝火（已漸轉弱）就在眼前，他其實已經來到馬廄門前，兩名卡羅門人站在門兩旁等候，準備等他進去，立刻把門關上。現在他明白了，敵人一開始便有意引他進入馬廏。他一面思忖，一面仍然奮力殺敵。

逖里安想到一個辦法。他扔下劍，一個箭步向前，躲開厲西達揮過來的一刀，雙手抓住他的腰帶，一起跳進馬廏內，一面在口中大叫：

「你也進來見見你自己的太息神吧！」

馬廏內發出震耳欲聾的聲音，和猿猴被扔進去一樣，地面發生激烈的震動，外加令人無法逼視的強光。

卡羅門士兵在外面大聲喊叫：「太息，太息！」「砰」的一聲，把門關上。太息神如果要他們的隊長，就讓他去吧，他們可不想見太息神。

有一瞬間，逖里安不知身在何處，或他到底是誰。然後他鎮定下來，眨眨眼，四下張望。馬廏內並不如他想像那麼漆黑，相反地，他正在強光中，所以他才眨眼。

他轉頭去看厲西達，但厲西達沒有看他。厲西達在哀號，手指著前方，然後他用雙手蒙住臉，面朝下癱倒在地上。逖里安往他手指的方向一看，他明白了。

一個恐怖的形體正朝著他們過來，這個形體遠比他們在碉堡附近看到的小很多，但還是比一個男人的身材高大，而且一個模樣。他有個老鷹的頭，四隻手臂。他的喙張開，眼睛紅似火。他的尖嘴發出粗嗄的嗓音：

「你們召喚我來納尼亞，厲西達大公，我來了，你有什麼話要說？」

但厲西達沒有抬起臉，也一語不發。他像嚴重打嗝一樣渾身發抖，他在作戰時十分神勇，但他的一半勇氣在那天晚上他開始懷疑真的有「太息神」時，已經先離開他的身體，剩下的一半此刻也完全消失了。

「太息」忽然往前衝——就好像母雞猛然跳上前啄食小蟲一樣——一把將可憐兮兮的厲西達拎起來，塞到腋下。然後他偏著頭，一隻可怕的眼睛定定地注視逖里安。這是因為他有個鳥頭，所以無法直視人。

但就在這時，從「太息」的身後出現一個強而有力、彷彿夏日的海面一般平靜的聲音，說：

「走吧，妖怪，以亞斯藍和亞斯藍偉大的父親『陸上大帝』之名，帶著你的獵物回到你的地方吧。」

那個恐怖的東西腋下夾著厲西達消失了。遜里安轉頭去看說話的人，這一看，使他的心臟跳得比任何決鬥時都劇烈。

七位國王與女王都站在他的面前，他們全都戴著皇冠，身上穿著華麗的衣服，國王們則多穿一件細緻的鎧甲，手上都拿著劍。

遜里安禮貌地行禮，當他正要開口時，最年輕的一位女王「噗哧」笑了出來。他定下神來注視她的臉，大吃一驚，因為他認識她，她是姬兒，但不是那個臉上沾滿泥土與淚水，身上的衣服已經破爛的姬兒。眼前的姬兒乾淨漂亮，彷彿剛剛才洗過澡。乍看之下覺得她的年齡似乎比先前所見稍大，仔細一看又覺得不會，他一面想著，有點拿不定主意。接著，他又發現最年輕的國王竟是尤斯提，但他的模樣也和姬兒一樣有很大的變化。

遜里安忽然感到有些尷尬，他覺得他一番決鬥下來，身上又是血跡汗跡、又是泥土，但他立刻發現不是那一回事，他不但乾淨、清爽，身上的服裝也像他在凱爾帕拉瓦宮舉行宴會時所穿的一樣莊重體面（不過，在納尼亞，好衣服卻不一定是舒適的衣服。他們在納尼亞很會做漂亮的衣服，但是全國上下找不到一件漿過的，或法蘭絨，或有伸縮性的衣服）。

「陛下，」姬兒說著，走向前行了一個漂亮的屈膝禮，「容我為您介紹，這位是納尼亞王國中最崇高的彼得大帝。」

逖里安不需要問誰是崇高的彼得大帝，因為他記得他在夢中見過他（儘管他此刻看來更高貴）。他往前跨一步，單膝跪地，親吻彼得的手。

「崇高的國王，」他說，「我竭誠歡迎您。」

崇高的國王將他扶起來，親吻他的雙頰，然後他把他帶到年紀最大的女王面前──但是她看上去一點也不老，她的頭上沒有白頭髮，臉上也沒有皺紋──說：「陛下，這位是納尼亞開天闢地之初，亞斯藍使所有樹木與野獸都會說話時，便來到納尼亞的波莉夫人。」

他又向他介紹下一位臉上蓄著金色鬍鬚，一臉智慧的男士。「這位，」崇高的彼得大帝說，「是第一天便與波莉夫人一起來到納尼亞的狄哥里里勛爵。還有，這位是我的弟弟，愛德蒙國王，這位是我的妹妹，露西女王。」

「陛下，」逖里安一一行禮後說，「如果我沒記錯的話，應該還有一位，陛下您不是有兩位姊妹嗎？蘇珊女王在哪裡？」

「我妹妹蘇珊，」彼得簡短扼要地說，「不再是納尼亞之友了。」

「是的，」尤斯提說，「每次想要叫她來，或談論，或做任何有關納尼亞的事，她總是說：『你們還在保留這些奇妙的回憶嗎？這些都是我們小時候玩的遊戲，你們怎麼還念念不忘。』」

「噢，蘇珊！」姬兒說，「她現在除了尼龍衣服、唇膏和男士的邀請外，其他一點興趣也沒有。她老是期待快快長大。」

「長大，說得跟真的一樣，」波莉夫人說，「我倒希望她真的長大，她在求學時便一天到晚夢想快點長到她現在的年齡，現在她又要花一輩子時間設法留住現在的年齡。她的整個心思都在想辦法與時間競賽，並且盡可能駐留在某個階段。」

「好了，現在不要再談論這件事了，」彼得說，「看！這裡有好漂亮的果樹，我們來吃一點水果吧。」

逖里安這時才真正注意到四周，他發現這真是一段奇異的經歷。

13
矮人拒絕歸順

他們雖然大口、大口貪婪地吃著，
卻顯然吃不出它的美味，
他們覺得他們吃的、喝的，都是馬廄裡的東西……

遜里安一直以為——或者說，他要是有時間想，他定會以為——他們還在一間狹小的馬廄內，大約十二呎長、六呎寬的馬廄。但實際上，他們站在草地上，頭上是湛藍的天空，微風溫柔地吹在臉上，這是初夏晴朗的天氣。

離他們不遠處有一座小樹林，濃密的枝葉底下依稀可見金黃的、淺黃的、紫的或豔紅的果子，都是我們的世界所沒有的。這些水果使遜里安感覺時序已經入秋，但空氣中有某種意識告訴他，此時最遲不過六月。

一行人往果樹走去。

每個人都伸手去摘他眼中最喜歡的水果，但摘之前都停頓一下，因為這些水果太漂亮了，每個人都覺得：「該不會是要給我吃的吧……我們不該隨便摘來吃。」

「不要緊，」彼得說，「我知道大家心裡想什麼，不過我確信我們不用擔心，我感覺我們此刻所在的地方，任何事都被允許。」

「那就吃嘍！」尤斯提說，於是大家都開始大快朵頤。

這些水果是什麼滋味呢？可惜沒有人能夠形容。我只能說，比起這些水果，我們吃過最新鮮的葡萄柚毫無滋味，最多汁的橘子是乾的，最細嫩的梨是粗硬的，最甜的草莓是酸的。它既沒有籽也沒有核，你一旦吃了這種水果，全世界再好吃的東西也會像藥一樣難以入口。但我無法形容它，除非你能到這個國度，親自嚐一嚐，否則你無法知道它是什麼味道。

等大家都吃夠了，尤斯提對彼得大帝說：「你還沒有告訴我們，你們是怎麼來的，剛才你正要說，逖里安國王就出現了。」

「其實也沒什麼，」彼得說，「愛德蒙和我站在月台上，我們看見你們乘坐的火車進站。我記得我心裡還在想，這列火車轉彎的速度太快。我也記得我在想，雖然露西不知道，但我們家人說不定都在同一列火車上——」

「您的家人，崇高的國王？」逖里安說。

「我是指我的父親、母親——愛德蒙、露西和我的父母親。」

「他們為什麼會在火車上？」姬兒問，「該不會是**他們**也知道納尼亞吧？」

「啊，不，這跟納尼亞無關，他們是要去布里斯托。我聽說他們那天上午要去，但愛德蒙說他們會坐那班車（愛德蒙是那種很了解火車的人）。」

「後來呢？」姬兒說。

「啊，很難形容，是不是，愛德蒙？」崇高的國王說。

「也不會，」愛德蒙說，「它和從前我們被魔法拉出我們的世界，情況完全不同。它發出可怕的怒吼，還有東西用力撞了我一下，但是不痛。我因為太興奮，所以不怎麼害怕。噢，有一點倒是很奇怪，我的小腿被踢了一下，可是痛的是我的膝蓋。我注意到它忽然就不見了，然後我覺得身體輕飄飄的，然後——然後就到這裡了。」

「這個情形和我們在火車廂的遭遇一樣，」狄哥里勛爵抹去他金黃色鬍鬚上的最後一點水果渣說，「只不過波莉和我最明顯的感覺是我們變年輕了。你們年輕人很難體會，但我們確實感覺沒那麼老了。」

「年輕人，真是的！」姬兒說，「我不相信你們兩個在這裡會比我們大多少。」

「即使我們現在不年輕，至少我們以前年輕過。」波莉夫人說。

「那你們到了這裡以後呢？」尤斯提問。

「噢，」彼得說，「有很長一段時間（至少我猜很長）什麼事也沒有，後來門開了——」

「門？」遜里安說。

「是的，」彼得說，「就是你進來——或出去——那扇門，你忘了？」

「可是，門在哪裡？」

「你看。」彼得說，用手一指。

遜里安看過去，卻發現天底下最荒謬的事。不過幾碼以外的地方，就在光天化日之下，立著一扇粗糙的木門，門上還有一道門框，除此之外什麼也沒有，沒有牆、沒有屋頂。他滿腹狐疑地走過去，其他人也跟過去看。他走到門的另一邊；這邊看起來也一樣，四周都是開放的空間，都是一樣夏日的早晨。門就是這樣站著，彷彿一棵早就生根的樹。

「陛下，」遜里安對彼得說，「這真是神奇。」

「這就是你五分鐘以前和那個卡羅門人一起進來的那扇門。」彼得微笑說。

「可我不是穿過樹林進了馬廄嗎？這扇門好像並不通往任何地方。」

「你如果**繞著**它走，兩邊看起來都一樣，」彼得說，「但是你從門板中間的縫隙**看過去**試試看。」

遜里安一隻眼睛湊近門板上的縫隙。起初他只看到一片黑暗，其他什麼也沒有。後來他的視力逐漸適應光線，終於看見一堆即將熄滅的篝火，發出暗紅色的火光。篝火上面的天空是烏黑的，有一些星星在閃爍。他又看到一些黑影在移動，有的站在他與篝火之間。他可以聽到他們在說話，說的是卡羅門人的口音。這時候他才明白，他正從馬廄的門縫看到外面漆黑的燈野，也就是他最後作戰的地方。門外的卡羅門人正在討論，到底應該進去找厲西達（事實上，沒有人願意進去），還是放火把馬廄燒了。

他再看看四周，簡直不敢相信。頭上是清澈的藍天，觸目所及都是綠油油的青草地。他的新朋友站在一旁笑著。

「看來，」遜里安含笑說，「從馬廄裡面看出去，和馬廄外面看過來，是截然不同的兩個世界。」

「是的，」狄哥里勛爵說，「它的裡面比它的外面大很多。」

「是的，」露西女王說，「我們的世界也一樣，馬廄一旦裝了東西，就會比整個世界還大。」

這是她頭一次開口，逖里安從她高亢的聲音知道這是什麼原因，原來她比其他人喝下更多果汁，她快樂得說不出話來。他很想再聽她說話，因此他說：

「陛下，請您繼續說下去，告訴我您的整個經歷。」

「在一陣衝撞與巨響之後，」露西說，「我們便發現來到這裡了。我們初看到這扇門時，也和你一樣驚奇。後來門打開（我們從門口望出去，另一邊是漆黑的），一個高大個子的人提著一把劍走進來。我們從他的武器認出他是卡羅門人。

「他進門後，在門邊站定位置，舉起劍扛在肩膀上，準備任何人進來便砍下去。我們走過去跟他說話，但我們發現他不但看不見我們，也聽不見我們。而且他始終沒有東張西望看看天空、陽光和花草，所以我想他連這些也看不見。我們又等了好一陣子，這才聽到門的另一頭門閂被拔開的聲音，但是那個人在沒有看清來者是誰之前，並沒有舉刀便砍；所以我們猜想，他必定奉命殺誰或饒誰。但就在這時候，門忽然開了，『太息』剎那間從門的這邊進來，我們都沒看到他是從哪裡冒出的。接著門外走進一隻大貓，他一眼看到『太息』，立刻嚇得奪門而逃。好險，因為『太息』跳上去要吃他，結果被砰然關上的門板撞到他的鳥嘴。那人也看得到『太息』，他的臉慘白，立刻跪倒在『太息』面前，但是『太息』馬上消失了。

「我們又等了好久，終於門開了，走進一個年輕的卡羅門人。我喜歡他。站在門邊的伏擊兵正想動手，一看是那個年輕人，愣了一下。我猜他一定在等別人——」

「我明白了，」尤斯提說（他一向有喜歡插嘴的壞習慣），「那隻貓先進來，伏擊兵奉令不要殺他，貓則計畫出去後告訴大家他看到『太息藍』，並**假裝**他很害怕，目的是恐嚇其他野獸。但席夫特沒料到真的『太息神』會出現，所以大黃貓是真的嚇到。接著，席夫特預定把任何他想除掉的人送進來，好讓伏擊兵幹掉他們。還有——」

「朋友，」逖里安輕聲說，「你打斷了女王的故事。」

「總之，」露西繼續說，「伏擊兵很驚訝，這使那個人有時間防備。他們打了一架，那人把伏擊兵殺死了，把他的屍體扔出去，然後他慢慢朝我們走過來。他可以看見我們，還有其他一切，我們試著對他說話，但他好像中邪一樣，不斷地說：『太息，太息，太息在哪裡？我要見太息。』我們只好放棄，他便一直往那邊走過去。我滿喜歡他的。後來……噁！」露西做了個鬼臉。

「後來，」愛德蒙接著說，「有人扔進一隻猴子，那個『太息』又出現了，我妹妹心太軟，她不忍心告訴你『太息』才啄一下，猴子就不見了！」

「活該！」尤斯提說，「還是一樣，我認為他也不相信有『太息』。」

「後來，」愛德蒙說，「進來了大約十一個矮人，接著是姬兒和尤斯提，最後是你。」

「我希望『太息』也把矮人吃掉才好。」尤斯提憤恨地說，「小豬玀。」

「沒有，他沒有，」露西說，「別氣，他們還在這裡。事實上，你從這裡就可以看到他們。我一直試著和他們做朋友，但是都沒用。」

「和他們**做朋友！**」尤斯提大聲說，「妳知道這些小矮人有多惡劣嗎？」

「唉，好了，尤斯提，」露西說，「來看看他們吧，迦里安國王，說不定**你**有辦法。」

「我今天對矮人沒有好感，」迦里安說，「不過看在您的分上，我願意捐棄成見。」

露西帶路，他們立刻便看到矮人。矮人的模樣十分怪異，個個臉上一副不高興的表情，既不到處走動（儘管他們身上的繩索好像消失了），也不躺下來休息。他們個個緊挨著坐在地上一個小圈圈內，既不四下張望，也不理會這些人類。直到露西和迦里安非常靠近了，幾乎要碰到他們，他們才歪著頭仔細聽（似乎看不見他們），並從聲音猜測是什麼東西。

「當心點！」其中一個矮人大聲說，「走路看前面，別踩到我們的臉。」

「放心！」尤斯提說，「我們又不是瞎子，我們看得見。」

「那你的眼睛一定很好，連這裡也看得見。」說話的矮人叫帝果。

「這裡是哪裡？」愛德蒙問。

「豬頭，指的當然是這裡，」帝果說，「這間黑蒙蒙、臭兮兮的馬廄。」

「你們都看不見嗎？」遜里安說。

「黑暗中誰看得見？」帝果說。

「可是這裡又不黑，你們這些笨矮人，」露西說，「難道你們看不見？抬頭看看天上！看看四周！難道你們沒看到藍天、樹木、花草？你們沒看到我？」

「鬼才知道我看得見。在這個黑不隆咚的鬼地方，我看不見妳，妳又怎能看得見我？」

「可是我看得見你呀，」露西說，「我證明給你看，你嘴巴叼著一只菸斗，對不對？」

「任何人聞到菸草的味道都知道。」帝果說。

「啊，可憐的傢伙！真慘！」露西說。然後她想到一個點子，她隨手摘了一朵野生的紫羅蘭，「聽著，小矮人，」她說，「你們的眼睛雖然出了毛病，也許你們的鼻子還管用，你能聞到這個味道嗎？」說著，她把剛採下、新鮮得可以掐出水來的鮮花放在帝果醜陋的鼻子下面，不料帝果竟然揮出小拳頭，露西迅速避開，差點被他打到。

「別這樣！」他大聲說，「妳好大的膽子！妳幹嘛把一堆牛糞拿到我臉上？妳別胡說八道了！妳到底是誰？」

「地球人，」遜里安說，「她是露西女王，亞斯藍把她從遠古以前叫來的，我，你的國王遜里安，是看在她的分上，才沒有把你們這些叛徒的頭砍下來。」

「這就對了！」帝果說，「你的偉大的獅子沒有來救你，是嗎？顯然沒有。現在你也和我們一樣，被關在這個黑洞裡，你還大言不慚地玩你的老把戲，不但如此，還要說新的謊言！想騙我們說我們沒有被關起來，說裡面不是黑的，真是天知道。」

「你們省省想像力吧，這裡**根本沒有**黑洞，傻瓜。」逖里安說，「**出來**。」說著，他伸手去拽帝果的腰帶和頭罩，把他拖出矮人圍坐的圓圈。但是當逖里安把他放下時，他立刻又衝回他原來的位置，一面揉著鼻子，一面開罵：

「嗷！嗷！你幹嘛！抓著我去撞牆，我的鼻子差點被你撞扁了。」

「噢，天哪！」露西說，「我們拿他們怎麼辦？」

「隨他們去吧。」尤斯提說，但就在這時，地開始震動了，香甜的空氣變得更香甜，他們背後出現一道明亮的光線。所有人都轉身去看，逖里安最後一個轉身，因為他很害怕。但眼前出現的是他們朝思暮想、他們最心愛的金色雄獅亞斯藍。大家立刻圍上來，跪下來，把臉埋在他厚厚的鬃毛裡。他威武地立著，伸出舌頭慈愛地舔他們的臉。然後注視著逖里安，逖里安靠近他，不停地發抖，同時跪拜在獅子的腳下。獅子親吻他，說：「很好，納尼亞的最後一任國王在最艱難的一刻表現很好。」

「亞斯藍，」露西含著淚說，「請您——請您——救救這些小矮人好嗎？」

「親愛的，」亞斯藍說，「我來看看我能為他們做些什麼。」他靠近矮人，低吼一聲，雖然聲音低沉，但是四周的空氣都為之震動。

不料矮人彼此互相說：「聽到沒？馬廄那邊又在敲鑼了，他們想嚇唬我們，八成是用機器敲的，別理它，我們不會再上當了！」

亞斯藍抬起頭，甩甩鬃毛，矮人面前立刻出現一場豐富的盛宴，有各式各樣的餅和動物的舌頭，還有許多鴿子、甜點、冰品，每個矮人右手上還有一杯上好的葡萄酒。但是沒有用，他們雖然大口、大口貪婪地吃著，卻顯然吃不出它的美味，他們覺得他們吃的、喝的，都是馬廄裡的東西，有一個甚至說他吃到乾草，還有一個說他吃到一小塊不新鮮的蘿蔔，另外一個說他吃到一片生的胡蘿蔔葉。他們舉起裝了紅酒的金杯，湊進嘴邊，卻立刻吐了出來：「呸！這裡面裝的是給驢子喝的髒水！沒想到我們會淪落到這個地步。」

不久，矮人開始懷疑別人吃的東西比自己的好，於是他們開始互相搶對方的食物，並且開始吵架，互相對罵，最後索性打起架來，所有美食都被砸在他們的臉上和衣服上，或在地上踐踏。

但是當他們終於坐下來揉烏黑的眼睛和流血的鼻子時，他們卻一致說：「唉，至少這裡沒有騙子，我們不會再上當了，矮人要做自己的主宰。」

「你們看吧，」亞斯藍說，「他們不接受我們的幫助，他們寧可選擇無知，也不要信心。他們在自己的心裡面禁錮自己，他們無法突破這個監獄，他們怕被欺騙，所以他們不敢相信事實真相。不過，孩子們，來，我還有別的事要做。」

他走到門口，大家都跟著他。他抬頭大吼一聲：「時間到！」又更大聲喊：「時間！」聲音大到名叫「時間」的星群都震動了。於是，門應聲而開。

14
夜幕降臨納尼亞

黑暗的地方開始擴大，並且從中央逐漸向外伸展。
原來整個天空大約有四分之一是黑色的，現在擴大為一半，
最後流星雨也漸漸減少，只剩地平線一帶還有少許。

大夥兒都站在亞斯藍的右邊，從門內往外看。

篝火已經熄了，地面上到處一片漆黑，事實上，假如你沒有看到樹林的遠方有一群星星升上天空，你會不知道那裡有一片樹林。但是當亞斯藍再大吼一聲時，在他們左手邊的地方出現另一片黑影，也就是說，他們看到一片黑影從沒有星星的地方慢慢升起，並且逐漸變成人的形狀，那是巨人中的巨人。在場的人都十分了解納尼亞，知道那個巨人站立的地方，一定是在荒地的最高點，這片荒地一直往北綿延伸展到雪利波河再過去。

姬兒和尤斯提想起很久、很久以前，在這片荒原地下有許多很深的洞穴，他們見過一個高大的巨人在洞內熟睡，聽說他的名字叫「時間老人」，他會在世界結束的那一天醒來。

「是的，」亞斯藍說，雖然他們沒有開口，但他知道他們心裡在想什麼，「當他睡覺的時候，他的名字叫『時間』，但現在他醒來了，他將會有個新名字。」

高大的巨人將號角湊到嘴邊，因為他背對著星星，所以他們可以從他的身形看出來。過了好一陣子——因為聲音的傳遞很慢——他們才聽到號角聲，高亢而驚人，卻帶點奇異的美。

很快地，天空布滿流星。平常一顆流星已經很美了，此刻是十幾顆流星，慢慢地越來越多，變成幾百顆，甚至多到彷彿在下銀色的雨，而且下個不停。這樣下了一陣子，有人開始覺得天空好像又出現一片和巨人一樣的黑影，這次在不同的地點，在他們頭上，可以說是天空的屋頂。「說不定是一片雲。」愛德蒙心想。總之，那裡沒有星星，只有一片黑暗，但是流星繼續下個不停。慢慢地，黑暗的地方開始擴大，並且從中央逐漸向外伸展。原來整個天空大約有四分之一是黑色的，現在擴大為一半，最後流星雨也漸漸減少，只剩地平線一帶還有少許。

大家在驚奇之餘（還有一點害怕）忽然恍然大悟，擴散的黑色部分根本不是烏雲，它只是一片空白。天空會有黑色只是因為沒有星星，所有的星星都墜落了，亞斯藍叫它們回家了。

最後的幾顆星星墜落前的一剎那最刺激，星星們開始落在他們四周，但那裡的星星和我們這邊不一樣，它們不是一團火球，它們是人（愛德蒙和露西曾經見過），因此現在他們發現一大群、一大群人全身發出亮光，頭上蓄著會發亮的銀絲，手上拿著炙熱的金屬般的長矛，以投擲石塊般的速度，從黑夜的天空出現在眼前。他們降落時發出「嘶嘶」聲，同時把他們腳下的小草燒成焦黑。所有的星星從他們旁邊滑下來後，都站立在他們的右後方。

他們幫了很大的忙，否則的話，天空沒有星星，到處一片黑暗，什麼也看不見了。現在這群星星從他們背後發出耀眼的光芒，彷彿探照燈似的，照亮眼前好幾哩外的納尼亞森林。每一根樹枝和每一片樹葉與小草的背後都呈現陰影，每一片樹葉的邊緣清清楚楚，讓人覺得彷彿一伸手就可以摘下它。

他們面前的草地上是他們自己的影子，但最不可思議的是亞斯藍的影子，他的影子偏向左邊，巨大而驚人。他們頭上的天空此刻已經沒有星星了。

從他們背後（微微偏向一點右邊）投射過來的光很強，照亮了北方沼地的斜坡。那一帶有動靜，一大群動物正在往納尼亞遷移：有巨大的龍和蜥蜴，還有翅膀像蝙蝠、沒有羽毛的鳥。他們很快消失在森林裡，一會兒後便無聲無息了。

不久又傳來動物的吼叫聲——先是從很遠的地方，繼而從四面八方——奔跑聲以及撲翅的聲音。聲音越來越近，很快地，你可以分辨出有小爪子、有大爪子，還有輕巧的蹄子，與巨大如雷般的腳掌踩在地上的聲音。然後你可以看到幾千隻眼睛閃閃發亮。最後，終於從森林的陰影中，從山坡上，跑出千百萬隻形形色色的動物——能言獸、矮人、巨人、人羊、賽特爾、卡羅門人、亞成地人、獨腳仙，還有許多來自遙遠的海島，或不知名的西部島嶼的奇怪生物。他們全都朝著亞斯藍站立的門口跑來。

這段奇異的經歷不但當時看來彷彿一場夢，就是事後也很難記得真確。特別是你說不出它到底持續了多久，有時你覺得它好像只有幾分鐘，有時又覺得好像有好幾年。不過，除非這扇門變得很大，要不就是動物們忽然變得很小像齧齒動物，否則這麼一大群是無法通過這扇門的。不過當時都沒有人想到這一點。

動物們跑得很快，他們越接近站在地上的星星，眼睛就越亮。但是當他們來到亞斯藍的跟前時，每一隻動物的表情多多少少都有點不一樣。他們都正視亞斯藍的臉，我想他們也是不得已的，然而有些動物的表情卻變得很可怕——那是恐懼與厭恨的表情，不過這些能言獸臉上的恐懼與厭恨一閃即逝，你可以看出他們立刻變得不再是**能言**獸了，他們變成普通的動物。而且所有以這種表情看亞斯藍的動物，都往他的左邊跑，消失在他巨大的黑影裡，孩子們再也沒見過這些動物。我也不知道他們的下場如何。然而其他看見亞斯藍都露出愛慕神情的動物，雖然有些也很害怕，但是當他們來到亞斯藍跟前時，都很自然地奔向他的右邊，而且進門了。他們有些是很奇怪的動物，尤斯提甚至發現裡面有一、兩個先前還幫著射殺能言馬的矮人，不過他沒有時間細想這件事（再說，也不關他的事），因為他太高興了，所以無心細想。這些快樂的動物現在都高興地圍繞著逖里安，有些還是他們以為早就死了的，譬如人馬倫威、獨角獸朱爾、善良的野豬和善良的熊，還有老鷹千里眼，可愛的狗兒和能言馬，以及矮人波金。

「繼續往前走、往上爬！」倫威大喊，一面「喀噠、喀達」往西方跑去。動物們雖然不明白他的用意，卻不由自主被他的聲音感染，野豬高興地「呼嚕」一叫，熊一面看著他們身後的果樹，一面嘟囔著他不明白，可是當他搖搖擺擺快步趕到果樹前時，他終於明白了。接著狗也來了，搖著尾巴。波金也來了，高興地和每個人握手，誠實的臉上露出笑容。朱爾雪白的頭倚在國王的肩上，國王在他的耳邊輕聲細語。然後大家都把注意力集中在門外，等著看外面的變化。

現在納尼亞是巨龍和巨蜥的天下了，他們到處肆虐，把樹木連根拔起，一腳踩斷，彷彿它們是脆弱的樹枝。森林就這樣一點一點地消失了，整片大地變成光禿禿的，現出原貌，從前不注意的隆起的地方和凹下的地方，現在看得清清楚楚。逖里安發現他眼前的世界，是一個只有光禿的岩石與泥土的世界，很難相信不久前那裡還有許多動物與植物。接著，巨龍與巨蜥逐漸變老，躺在地上死了，他們的肉乾枯了，現出骨頭。很快地，連巨大的骨頭也躺在毫無生氣的岩石上，看上去彷彿有幾千年的歲月。最後，一切都沉寂下來。

過了一陣，一點白白的東西——在地上星光的照射下，一條白色的、發亮的橫線——從世界的東方邊緣開始往這邊移動，一陣巨大的聲響打破寂靜：起先像喃喃低語，接著是轟隆聲，再來是怒吼。現在他們看出那是什麼東西了，它正迅速朝這邊衝過來，那是一陣冒著白色泡沫的波浪。原來，是大海的水位在上升，在這片空無一物的土地上，你可以看得一清二楚。你可以看到所有的河流河面越來越寬，湖面越來越大，原來不相連的湖泊開始連接起來，山谷變成新的湖泊，小山變成島嶼。他們左邊的高沼地和右邊的高山崩塌下來，夾著隆隆巨響，沒入越來越高的水面。水面仍在繼續上升，並且不停翻滾，一直沖到門口（但始終沒有沖進來），因此大水形成的泡沫濺到亞斯藍的前腳。現在，他們眼前的水面開始平靜了，一望無際，一直延伸到天邊。

就在水天相連的地方，開始出現一點亮光，一條細細的曙光逐漸在地平線出現，慢慢擴大，越來越亮，直到地上的星光為之黯然失色。最後，太陽出來了。這時狄哥里勛爵與波莉夫人互相對視點點頭，這兩位來自另一個世界的人類，過去曾經看過垂死的太陽，因此一眼立刻知道這個太陽已經到了垂死邊緣。它比原來的尺寸大兩倍，而且呈暗紅色，當它的光芒照射在時間巨人身上時，把他也染成紅色。在太陽的映照下，漫無邊際的大水彷彿血水一樣紅。

不久，月亮出來了，卻是從完全相反的方向出來，它很接近太陽，因此也被染成紅色。太陽看見月亮，立刻發出猛烈的火焰，扭曲的蛇一般豔紅的火焰朝著月亮接近，彷彿章魚的觸鬚想把月亮攫過去。也許真的被它抓到了，只見它先是緩慢地靠過去，接著越來越快，直到火焰將月亮整個包住，太陽與月亮合而為一，成為一個燒紅的炭火般巨大的火球。然後火焰大片大片落入海中，冒出壯麗的蒸氣。

這時亞斯藍說：「現在結束吧。」

巨人對著大海吹響他的號角，然後伸出一隻手臂——看起來很黑，而且有好幾千哩長——伸向天空，抓住太陽，像在捏橘子般捏在手心裡，頃刻間，大地又恢復一片黑暗。

冰冷的空氣開始灌進門內，除了亞斯藍外，大家都忍不住往後退縮。門框上已經開始結冰了。

「彼得，納尼亞的崇高國王，」亞斯藍說，「把門關上。」

彼得在寒冷的空氣中瑟縮著，跳進黑暗中，把門關上，也壓碎了門上的冰屑。然後他把僵硬的手（雖然只是一瞬間，他的手卻已經凍麻了）伸進口袋，拿出一把金鑰匙，把門鎖上。

他們從這扇門看到外面的奇異世界，但是門內的世界更奇怪，因為他們轉身發現門內是溫暖的白晝，頭上有藍天，腳下有鮮花。亞斯藍的眼底充滿笑意。

他迅速轉身，蹲下來，一個縱身像枝金黃色的箭一般飛出去。

「往前走！往上爬！」他轉頭對他們大聲說。但是誰能趕上他的腳步？他們開始跟在他後面往西方走。

「夜幕終於降臨納尼亞了。」彼得說，「怎麼，露西，妳沒哭？亞斯藍在前面，我們也都在，妳為什麼不哭？」

「別勸我，彼得，」露西說，「我相信亞斯藍一定不會勸我哭，我知道為納尼亞哀悼是不對的，想想看，那麼多謊言終於平息了，冰封在門外。」

「是啊，」姬兒說，「我**真的**希望納尼亞會永恆不朽。我知道我們的世界不可能，但我希望納尼亞可以。」

「我親眼看見它開始，」狄哥里勛爵說，「沒想到我還能活著看到它滅亡。」

「各位，」逖里安說，「女士們請盡情哭泣，瞧，我不也哭了？我親眼看著我的母親死亡，除了納尼亞，還有什麼地方是我所熟悉的？如果我不哀悼，那就是大不敬。」

他們離開門口，也離開仍舊擠在他們想像中的馬廄內的矮人。他們一面走，一面談論過去的戰爭與和平，以及歷代帝王與納尼亞的歷史光輝。

狗兒們仍跟著他們，他們也加入談話，但是話不多，因為他們忙著跑前跑後，嗅嗅路邊的青草，嗅到打噴嚏。忽然，他們聞到一個令他們興奮的味道，他們開始爭論——「是的，這是——不，不是——我就是這樣說啊——誰聞得出來這是什麼——把你的鼻子拿開一點，讓別人聞一聞。」

「什麼東西，兄弟們？」彼得問。

「一個卡羅門人，陛下。」幾隻狗一齊說。

「帶路吧，」彼得說，「不管他是善意還是惡意，我們都很歡迎。」

狗兒們衝出去，不一會兒又衝回來，大聲吠叫，說真的是一個卡羅門人（能言狗和普通狗一樣，遇到任何事都很激動）。

其他人跟著狗，發現一個年輕的卡羅門人坐在一棵栗子樹下，旁邊有一條水質非常清澈的小溪。他是埃米司。他看到他們，立刻站起來，莊重地一鞠躬。

「先生，」他說，「我不知道你們是朋友還是敵人，不過，不管是哪一種，詩裡面不是說過，高貴的朋友是最好的禮物，高貴的敵人是次好的禮物嗎？」

「先生，」彼得說，「我不知道我們之間是否有必要發生爭鬥。」

「告訴我們你是誰，你怎麼會在這裡。」姬兒說。

「如果要說故事，大家可不可以都坐下來喝點水，」狗兒說，「我們累垮了。」

「當然累啦，」尤斯提說，「誰叫你們衝過來、衝過去的。」

於是人類都坐在草地上，狗兒們則趴在溪邊，大聲喝起水來，然後抬頭用力喘氣，舌頭伸出嘴巴外面，微微歪向一邊，開始聽他們說故事。只有朱爾站著，摩擦他身上的角。

15

往前走、往上爬

新的納尼亞是個更深的國度：每一塊岩石、每一朵花、
每一片小草，似乎都有更深的意義。我沒辦法形容，
只能說：你只有親身體驗，才能明白我的意思。

「高貴的國王們，」埃米司說，「還有美麗的女士們，我叫埃米司，是沙漠以西的太息邦哈法大公的第七個兒子，我是在厲西達大公的命令下，帶著二十九名士兵來到納尼亞。當我聽說要進攻納尼亞時，我很興奮，因為我早已耳聞貴國這裡的一切，很想和你們作戰。但是當我發現我們必須偽裝成商人（對一個戰士與大公的兒子來說，這是可恥的行為），而且要靠說謊與耍詐來工作時，我開始感到難過。最痛苦的莫過於我們必須聽從一隻猴子的命令，又聽說太息和亞斯藍是同一個神時，我開始感到悲哀了。因為我從小時候，便一直信奉太息神，我最大的願望便是多多了解祂，可能的話，希望能親眼見祂一面，但是亞斯藍對我而言，卻是可憎的名稱。

「然後，誠如你們所知，我們每天晚上被召集到茅屋前，那裡點起一堆火，猿猴從茅屋牽出一個四隻腳的不知道什麼的東西，所有的人和動物都對牠跪拜，尊崇牠。但我心想，大公被那隻猿猴騙了，因為從茅屋出來的東西既不是太息神，也不是其他任何神祇。可是當我注視大公的臉，再仔細聽他對猿猴說的話，我的想法改變了，因為我發覺厲西達大公也不相信，於是我明白，他根本不相信太息神，因為如果他相信的話，他哪敢去偽裝他？

「當我明白這一點時，我非常憤怒，開始納悶為何真正的太息神不降下天火攻擊猿猴和大公。雖然如此，我還是隱藏我的怒氣不作聲，等著看最後的結局。誰知昨天晚上，你們都知道的，猿猴沒有牽出那個黃色的東西，反而宣告任何人想見『太息藍』（他們故意把這兩個名字混為一談，假裝說是同一個神），必須一個一個進去茅屋裡面晉見。於是我對自己說，這一定又是另一個謊言。但是當黃貓進去，又嚇得半死逃出來後，我又告訴自己，這一定是真的太息神，他們在不知情或不相信的情況下，真的把祂召來了，現在祂要報復了。雖然我內心裡一半高興、一半恐懼，但我渴望見祂的欲望卻大於恐懼。於是我努力克制我的膝蓋，不使它們顫抖；努力克制我的牙齒，不使它們顫抖，下定決心，即使遭到太息神誅殺，我也要見祂。所以我自告奮勇進入茅屋，大公雖然百般不願，也只好由著我。

「當我一踏入茅屋時，立刻發現第一個奇蹟，就是從外面看茅屋雖然很暗，裡面卻陽光普照（和現在一樣）。但我沒空驚訝，因為我立即被迫為我的性命而和我自己的同胞格鬥。我一看見他，馬上明白大公與猿猴安排他躲在裡面，凡是非他們同夥的人進門，一律格殺勿論。所以這個人也是個騙子，也是不正當的人，不是太息神真正的僕人。於是我把他殺死以後扔出去，把門關上。

「我四下張望，看見天好藍，地好廣，鼻子聞到的都是香甜的味道。我告訴自己，我的天，這裡是個奇妙的地方，莫非我已來到太息神的國度，於是我開始到處走走逛逛，尋找祂。

「我走過許多草地和鮮花，還見到許多奇花異樹，不久來到一個兩塊岩石中間的狹窄的地方，遇到一頭獅子。他的速度快得像隻鴕鳥，體型大得有如一頭大象，鬃毛像純金，眼睛像黃金般閃亮。他比拉戈火山更可怕，卻又比世上任何東西更美麗，甚至沙漠中盛開的玫瑰都比不上他。

「我撲倒在他跟前，心想，我的死期到了，因為獅子一定知道我信奉太息神而不信奉他，不過，見了獅子而死，也總強過當一輩子沒見過獅子的太洛帝。不料這頭偉大的獅子低下頭，用他的舌頭舔我，說：『孩子，你侍奉太息就等於侍奉我。』於是我鼓起勇氣說：『尊者，猿猴所說的是真的嗎？您和太息神是同一個嗎？』獅子大吼一聲，大地為之震動（不過他的憤怒不是針對我），他說：『那是謊言，他和我不但不是同一個體，而且我們還是對立的——我說你侍奉他就是侍奉我，那是因為我和他完全相反，所以凡是卑鄙的服務都不可能接近我；凡是不卑鄙的服務都不可能接近他。因此，凡是對太息起誓信奉、並遵守誓言者，雖然他不知道，但他其實是對我起誓，我也會因此獎賞他。同樣地，凡是以亞斯藍之名所做的一切殘酷的行為，雖然它名義上是信奉亞斯藍，事實上他信奉的是太息，他的行為也只有太息才會同意。這樣你明白嗎，孩子？』我說：『尊者，您知道我十分明白。』但我又說（因為我一直記掛著真相）：『可是我一直在尋找太息神。』這個崇高的獅子回答說：『親愛的孩子，如果你不是這麼渴望見我，你不會長久以來一直真誠地尋找我。只有付出真誠的心才能有真正的收穫。』

「說完，他對我吹了一口氣，把我身上的顫抖吹掉，使我得以站起來。事後他沒有再多說什麼，只說我們以後還會再見，叫我要往前走、往上爬。

然後他就像一陣風似地消失了。

「各位國王、女士，後來我就一直在到處尋找他。我心裡感到非常快樂，以至於快樂像創傷似地使我逐漸喪失鬥志。最奇妙的是他叫我『親愛的』，我像一條狗那樣卑下——」

「嗄？什麼？」一隻狗說。

「先生，」埃米司說，「那只是我們卡羅門國的一種俚語。」

「我不喜歡這個俚語。」那隻狗說。

「他沒有惡意啦。」另一隻狗說，「我們的孩子不乖時，我們不也照樣叫他們『孩子們』？」

「我們也是，」第一隻狗說，「我們叫『姑娘們』。」

「噓——」老狗說，「別胡說了，別忘了你們現在在哪裡。」

「看！」姬兒忽然大聲說。有人過來了，畏畏縮縮的。那是一隻慢條斯理的四條腿動物，全身銀灰色。他們注視著他整整十秒鐘後，一致異口同聲說：「哎呀，是老迷糊呀！」他們從來沒有在白天看過脫下獅皮的迷糊，此刻的他看起來判若兩人，他又恢復本來面目了：他的身上布滿柔軟、灰色的毛皮，一張誠實的臉。如果你見到他，你一定也會和姬兒與露西一樣，抱著他、親他的鼻子，撫摸他的耳朵。

他們問他跑到哪裡去了，他回答說他和其他動物一起進門，不過他——老實說吧，他故意和他們保持距離，同時和亞斯藍保持距離，因為看到真正的獅子時，心裡感到非常愧疚，以致他不知道要如何面對他們。但是當他看到朋友都往西方走，他又已經吃了許多草（「我從來沒吃過這麼好吃的草。」迷糊說。）後，他才鼓起勇氣跟著走。「可是我不知道，萬一見到亞斯藍，我會怎樣。」他說。

「等你見了他，你就會知道沒事的。」露西女王說。

於是，一行人結伴同行，一直往西走，因為亞斯藍大聲說「往前走、往上爬」，指的大概就是西方。還有許多其他動物也都逐漸往同一方向遷移，不過草原面積很廣，所以並不顯得擁擠。

天色似乎還很早，有一股早晨的新鮮空氣。他們不時停下來東張西望，一部分因為四周景色太美，一部分則由於他們感覺有點陌生。

「彼得，」露西說，「你想這裡是什麼地方？」

「我不知道，」彼得說，「它讓我想起某個地方，但是我說不出它的名字，有沒有可能是我們很小的時候曾經度過假的地方？」

「那一定是個很愉快的假期，」尤斯提說，「我敢打賭，**我們的**世界一定沒有這樣的地方！我們那裡沒有這麼藍的天空。」

「它不是亞斯藍的國度嗎？」

「不像東方世界的盡頭山頂上的亞斯藍國度，」姬兒說，「那裡我去過。」

「我認為，」愛德蒙說，「這裡像納尼亞的國度，瞧前面的山脈，還有再過去的冰山山脈，很像我們以前從納尼亞看到的山脈，那個瀑布再過去的西部山脈？」

「是很像，」彼得說，「不過這些山脈好像更雄偉。」

「我覺得這不像納尼亞的地方，」露西說，「不過，你們看那邊。」

她指著左邊南方的地方，大夥兒都停下來轉頭去看，「那些山，」露西說，「那些美麗的森林，和森林後面的藍色山脈，不是很像納尼亞的南部邊境嗎？」

愛德蒙注意看了一下，大聲說：「像！真像！你們看，那是叉子狀的皮爾山，那邊是進入亞成地的山口！」

「可是，看起來又不大像，」露西說，「它不一樣，它的色彩更豐富，而且看上去也比我印象中更遙遠，而且它更……更……噢，我不知道……」

「更像真的。」狄哥里勛爵輕聲說。

老鷹千里眼忽然振翅高飛到三、四十呎的天空中，繞了一圈後回到地面。

「諸位國王、女王，」他大聲說，「我們都糊塗了，我們其實才在起點。我剛才從上面看得一清二楚，海狸水壩、大河、凱爾帕拉瓦宮都在東方閃亮，納尼亞沒有結束，這裡就是納尼亞。」

「這怎麼可能？」彼得說，「如果這裡是納尼亞，亞斯藍不是說過，我們不可能再回到納尼亞嗎？」

「是啊，」尤斯提說，「而且我們還親眼看到它被毀滅，連太陽也被熄滅了。」

「而且這一切都大不相同。」露西說。

「老鷹說得對，」狄哥里勛爵說，「彼得，亞斯藍說你不能再回到納尼亞，他指的是你心目中的納尼亞。那不是真的納尼亞，它有開始，也有結束。它只是真正的納尼亞的影子或複製品，真正的納尼亞是永遠存在的。就好像我們的世界，英國等等，只不過是亞斯藍的真實世界的一個影子或複製品。你不需要為納尼亞哀悼了，露西，昔日納尼亞的一切種種、一切可愛的動物，都從那扇門回到真正的納尼亞。它當然大不相同，這就好比真實的東西和影子不一樣，現實生活和夢境當然也會不一樣。」

他的聲音像號角，驚醒每一個人。但是當他繼續說：「這都是柏拉圖說的話，柏拉圖說的；唉，你們這些孩子，學校學的東西都忘啦？」說完，大一點的孩子都笑起來。這句話很像他從前在他們的世界裡常說的那些話，那時他的鬍鬚是灰白的，不是現在的金黃色。他知道他們為什麼好笑，所以他自己也笑了。但是他們很快又收斂笑容，因為你知道的，有時快樂與驚奇也會使人嚴肅。因為太美好了，所以不該浪費在玩笑上。

就像很難告訴你這個國度的水果味道有多美一樣，也很難說清楚這塊陽光普照的土地和從前的納尼亞有何不同。如果你這樣想，或許可以稍稍理解：假設你在一個房間內，那裡有一扇窗，從窗口望出去是一個美麗的海灣，或從山上蜿蜒而下的綠色山谷。而與窗口相對的牆上有一具望遠鏡，當你的視線從窗口移開時，一轉頭忽然瞥見反射在望遠鏡上的窗外風景。鏡片上的海灣或山谷，雖然就是窗外的海灣與山谷，但它們是不同的——它的景更深、更奇妙、更像故事中的風景——一個你從沒聽過、可是很想知道的故事。

昔日的納尼亞和新的納尼亞正是如此。新的納尼亞是個更深的國度：每一塊岩石、每一朵花、每一片小草，似乎都有更深的意義。我沒辦法形容，只能說：你只有親身體驗，才能明白我的意思。

最後還是獨角獸綜合了每個人的感覺，他跺一跺右前腳，長嘶一聲，說：

「我終於回家了！這才是我真正的故鄉！我屬於這裡，只不過我現在才知道。我之所以喜愛舊的納尼亞，是因為它有點像這裡，咈——！往前走、往上爬！」

他甩甩鬃毛，大踏步往前奔——在我們那個世界，獨角獸只要撒開蹄子奔跑，一會兒就會不見蹤影。但現在不可思議的事發生了：在場的每個人跟著跑，他們都驚訝地發現，他們居然都能跟上他，不僅是狗兒們，連人類、胖胖的迷糊、短腿的矮人波金，都緊跟在後面。風在他們的臉上呼呼地吹，彷彿他們坐在一輛沒有擋風玻璃的快車上。鄉村的景色好像車窗外的風景，飛快地一閃而過。他們越跑越快，卻不感覺熱或疲倦，或喘不過氣。

16

向影子大地告別

人羊說，

「妳越往上爬、越往深處走，萬事萬物便越寬廣，

內涵永遠比外表更偉大。」

一個人如果跑起來不會累，我想他一定會常常想跑。但是，有時也會有特殊理由讓人停下來，現在就有一個特別的理由，讓尤斯提大喊：

「喂！停一停！看我們來到哪裡了！」

可不是，他們看到眼前正是大鍋湖，還有大鍋湖再過去的高山，以及從山崖上直瀉而下，每秒鐘的瀉水量數千公噸，揚起的飛瀑有的像鑽石、有的呈深綠色的大瀑布。他們的耳朵漲滿震耳欲聾的水聲。

「不要停！往前走、往上爬！」千里眼大聲說，振翅飛得更高。

「**他**倒說得容易。」尤斯提說。但朱爾也大聲喊：

「不要停！往前走、往上爬！邁開大步。」

他的聲音幾乎被瀑布的怒吼掩蓋，而且話才剛說完，大夥兒就看見他一頭鑽進大鍋湖裡，於是也手忙腳亂跟著跳進去。水溫並不如他們原先想像的那麼冷（尤其是迷糊），而是沁人的清涼。他們發現自己都不由自主往瀑布下面游過去。

「這簡直太瘋狂了。」尤斯提對愛德蒙說。

「我知道，可是——」

「這不是很奇妙嗎？」露西說，「你有沒有發現一點都不害怕，就算你想害怕也不成，試試看？」

尤斯提試過之後說：「我的天，果然不會怕。」

朱爾最先抵達瀑布下方，緊接著是逖里安。姬兒殿後，所以她看得最清楚。她發現瀑布下有個白白的東西在水面浮動，那個白色的東西就是獨角獸，你看不出他是在游泳或在往上爬，可是他在動，越來越高，他的角將他頭上的水柱分成兩股，並在他的身體兩側形成兩道彎彎的彩虹。他的後面跟著逖里安國王，他兩手兩腳都像在游泳，卻是垂直往上游，彷彿一個爬牆的高手。

最好笑的是狗兒們。他們剛才在跑時一點都不會喘，現在一面掙扎著往上游，卻不斷濺起水花，而且不斷打噴嚏，那是由於他們不停地叫，每次一開口，他們的嘴巴和鼻子就會進水。姬兒還沒來得及看清楚一切，她自己也游上瀑布了，這在我們的世界是極不可能的事，因為就算你沒有被淹死，也會被猛烈的水流切成碎片。但在這個世界裡，這種事是有可能發生的。你可以一直往上爬，水光映照著你和各色各樣五彩斑斕的石頭，爬到最後，你會以為你是沿著光線在爬——越爬越高，一直到你會開始恐懼的高度，如果你會恐懼的話。但在這裡，你不會害怕，你只會感到刺激。終於，你爬到一處非常美麗的、曲線形的綠色水灣，那裡是山泉往下俯沖的臨界點，你發現原來瀑布的頂上是一條平坦的河流。激烈的水流在你身後轟隆作響，但你是個游泳高手，所以你可以輕鬆地逆流而上。很快地，大夥兒都游上岸了，渾身滴水，但是都很快樂。

前方是一座長長的山谷，山谷上是高峻的雪山，不但近在眼前，而且筆直插入天際。

「往前走、往上爬。」朱爾大聲說，於是大家立刻繼續往前走。

現在他們已經離開納尼亞的國境，繼續往西方荒原前進，那裡是逖里安或彼得，甚至連老鷹都沒見過的地方，不過狄哥里勛爵和波莉夫人曾經見過。「你還記得嗎？你還記得嗎？」他們互相詢問。大家都像箭一般走得飛快，但是他們說起話來既不急促也不喘。

「大人，」遜里安說，「這是真的嗎？傳說中您們倆在開天闢地的第一天，就曾經到過那裡？」

「是的，」狄哥里說，「而且彷彿才是昨天的事。」

「聽說你們騎著飛馬，」遜里安問，「是真的嗎？」

「當然真的。」狄哥里回答。

這時狗兒們大聲吠：「快點！快點！」

於是他們加快腳步，快到簡直像飛的，不像是跑的，連老鷹都無法比他們飛得更快。他們飛過一座又一座蜿蜒曲折的山谷，越來越快，有時沿著陡峭的山壁下到谷底，彷彿快艇般在湖面上滑行，一直到很遠的地方有一座狹長的湖泊，那裡的湖水像土耳其玉那麼藍，他們在這裡看到一座綠色的山，它的山壁像金字塔一樣陡，山頂上一圈綠色的圍牆，牆內露出許多樹木，樹上的葉子好像是銀的，樹上結的果子則像金子。

「往前走！往上爬！」獨角獸又大聲喊。大家都不敢逗留。他們往山腳下直奔而去，幾乎像海浪沖向岩石一般勇猛，雖然山壁像屋頂那麼斜，腳下的草坪像保齡球道一樣滑，但是沒有人滑倒。

他們只有飛到最頂端時，速度才慢了下來，那是因為他們發現眼前有一扇金色的大門。起初大家都不敢去試試看大門能不能推開，那種感覺和看到水果時是一樣的——「能吃嗎？」「可不可以吃？」「是給我們吃的嗎？」

可是，當他們都站定後，圍牆裡面突然發出雄偉、悠揚悅耳的號角聲，大門並且應聲而開。

遜里安屏住呼吸，心想不知誰會出來開門。結果令他大感意外，出來開門的是一隻體型瘦小、眼睛晶亮的能言鼠，他的頭上戴著一個環，環上插著一根紅色的羽毛，左手按住一把長劍的劍柄。他向眾人行了一個非常優雅的鞠躬禮後，便用尖細的嗓音說：

「以雄獅之名，歡迎各位，請繼續往前走、往上爬。」

遜里安看到彼得大帝、愛德蒙國王，還有露西女王都衝上前，跪下來擁抱老鼠，並高興地大叫：「老脾氣！」

逖里安一聽，呼吸不自覺加快。他非常驚訝，原來眼前正是納尼亞的大英雄老鼠老脾氣，他不但在貝路納戰役立下大功，後來還追隨航海者賈思潘國王，一起航行到世界的盡頭。但是他還沒來得及細想，便發覺有個臉上長滿鬍鬚的人在他臉頰上親吻，他並聽到一個熟悉的聲音說：「呀，孩子，你長得這麼高大了！」

原來是他的父親厄里安國王，但眼前的厄里安國王不是逖里安最後一次看到、因為與巨人戰鬥受傷而臉色蒼白回到家的模樣，也不是逖里安印象中晚年白髮蒼蒼的厄里安國王。這是他記憶中的父親，當他小時候，時常在夏日晚上就寢以前，陪著他在凱爾帕拉瓦宮的花園裡玩耍的年輕、快樂的父親。他彷彿又聞到晚餐桌上的麵包與牛奶香。

朱爾心想：「讓他們先敘敘舊，待會兒我再過去和厄里安國王打招呼，我以前小時候，他常常拿大蘋果給我吃。」正想著，他忽然看到從大門內走出一匹威武雄壯、連獨角獸都會自慚形穢的馬。那是一匹有翅膀的馬。他注視者狄哥里勛爵和波莉夫人，高興地大叫：「呀，兄弟！」只見狄哥里勛爵與波莉夫人也大聲喊道：「羽生！好個羽生！」說著，一起衝上去親吻他。

這時候，老鼠已經在催促他們進去，於是大家都走進金色的大門，來到芳香撲鼻的花園。花園裡有溫暖的陽光和涼爽的樹蔭，腳下是厚厚的草皮，上面點綴著許多美麗的白花。每個人的第一個印象是，裡面看起來比他們從外面看到的更寬廣，但他們無暇細想，因為這時已經有許多人從四面八方出來迎接他們。

每一個你曾經聽過的名字（如果你熟知這些地方的歷史）似乎都出現了，有貓頭鷹「高林羽」、沼澤人泥桿兒、實事求是的瑞里安國王、瑞里安的母親「星宿的女兒」和他偉大的父親賈思潘國王。他旁邊有垂尼安勳爵、柏恩勛爵、矮人川卜金、善良的松露高手、人馬峽谷風暴，以及數以百計曾參加過解救大戰的英雄。接著，從另外一頭又走出亞成地國王柯爾，以及他的父親半月國王、他的妻子艾拉薇王后、他的弟弟英勇的霹靂手柯林王子，還有能言馬「噗哩」、母馬「昏昏」。然後是——對遜里安而言，這是神奇中的神奇——遠古時代的兩隻善良的海狸，以及人羊吐納思。所有的人都高興地互相歡迎、親吻、握手，彼此互相打趣（你一定想不到，事隔五、六百年，一些老笑話再拿出來講，依然生動有趣）。所有人經過一番寒暄後，陸續來到花園的正中央，那裡有一棵樹，樹上坐著一隻鳳凰，樹下有兩個王座，坐著尊貴無比的國王與王后，大家都向他們行禮致敬，他們正是所有納尼亞與亞成地的國王的祖先法蘭克國王與海倫王后。迯里安覺得眼前的一切彷彿亞當與夏娃的一切光輝。

大約半個鐘頭以後——或者，也許是五十年後，因為這裡的時間和我們的世界不一樣——露西和她的好朋友人羊吐納思，從花園的圍牆旁眺望山下的風景，她發現納尼亞的疆土整個呈現在腳底下，但是你越往下看，越覺得山更高：這裡有幾千呎高閃耀生輝的懸崖，懸崖下的森林小到彷彿一小粒綠色的鹽。她轉身，背靠著圍牆，回望花園。

「我明白了，」她恍然大悟說，「我終於明白了，這座花園就像馬廄，它的裡面遠比外面看起來更廣大。」

「當然，夏娃的女兒，」人羊說，「妳越往上爬、越往深處走，萬事萬物便越寬廣，內涵永遠比外表更偉大。」

露西仔細地觀察花園，發現它其實不是一座花園，而是一整個世界。它有河流、森林、海洋和高山，但她對它們並不陌生，她都認識它們。

「我懂了，」她說，「這裡還是納尼亞，比下面的納尼亞更真實、更美麗，就好像它比馬廄外的納尼亞更真實也更美麗一樣！我懂了……世界中的世界，納尼亞中的納尼亞……」

「是的，」人羊吐納思說，「就像洋蔥，只不過越往裡面，它的圓圈越大。」

露西這邊瞧瞧，那邊看看，忽然發現一件新鮮美麗的事。不管她看哪裡，不管距離多遠，只要她將視線集中在一點，那一點便會變得十分清晰，好像從望遠鏡看東西一樣。她可以看到整個南方沙漠，和沙漠再過去的太息邦；往東方她看到大海邊緣的凱爾帕拉瓦宮，她甚至看到她曾經住過的寢宮的窗戶。

往大海的方向望去，她看到許多海島，一個海島接一個海島，一直延伸到世界的盡頭。過了世界的盡頭，就是他們稱作「亞斯藍的國度」的高山。不過她現在看到它是環繞整個世界的群山的一部分。這些山脈如今似乎近在咫尺。

接著她往左邊看過去，看到一大片好像色彩鮮豔的雲，被一道裂口切開。但她集中視線在某一個點上看個仔細，忽然大叫一聲：「彼得！愛德蒙！過來看！快來！」他們聽到聲音都趕過來，因為他們和她一樣，眼力也更銳利了。

「啊呀，」彼得首先叫出來，「那是英國，還有那棟房子——寇克教授在鄉下的老家，我們的歷險的出發點！」

「我還以為那棟房子早已拆掉了。」愛德蒙說。

「是已經拆掉了，」人羊說，「不過你現在看到的是英國中的英國，真正的英國，就像這裡是真正的納尼亞一樣。在那個英國中，凡是好的東西都會被保留。」

他們忽然都把視線移到另一個點，彼得、愛德蒙和露西突然都驚訝得張大了嘴，並且開始揮手。原來他們看到他們的爸爸、媽媽正隔著巨大的山谷向他們揮手，就好像你在岸上等候一艘大船，船上的旅客站在甲板上對你揮手一樣。

「我們要怎樣才能和他們會合？」露西問。

「很容易，」吐納思說，「那個國度和這個國度——所有『真正的』國度——中間，只隔著亞斯藍的大山脈凸出的尖坡，我們只要沿著山脊往上爬、往前走，一直到連接的地方就行了。聽！法蘭克國王的號角響了，我們該上去了。」

不久，他們發現大家都一起往山上的最高處走上去，但這裡並沒有雪，有的只是森林、綠色的山坡、香甜的果園，以及亮晶晶的瀑布，一個接一個，一直往上延伸。他們腳下的小路則越來越狹窄，兩邊都是很深的山谷，隔著山谷，那個真正的英國越來越近。

前方的光線逐漸增強，露西看到前面有許多彩色的山崖，像階梯般拾級而上，然後她什麼都忘了，因為亞斯藍出現了，從一個山崖跳到另一個山崖，彷彿充滿力與美的活瀑布。

亞斯藍第一個叫的竟是驢子迷糊。當迷糊怯生生地走上去站在亞斯藍旁邊時，那模樣就像一隻小貓站在聖伯納犬旁邊，你一定沒看過比迷糊更怯生生、更尷尬的模樣。當亞斯藍低頭在迷糊低垂的長耳朵旁低聲細語時，迷糊的耳朵忽然豎了起來。在場的人類都不知道他說了些什麼。

然後亞斯藍轉向他們，說：「你們好像都不怎麼開心。」

露西說：「因為我們都怕被送回去，亞斯藍，您老是遣送我們回去。」

「不要怕，」亞斯藍說，「你們還沒猜到嗎？」

他們的心都猛烈跳起來，新的希望升起了。

「**確實有**發生一起火車意外事故，」亞斯藍溫柔地說，「你們的父親、母親，還有你們全部——正如你們習慣說的，進入了『冥府』——都死了。你們在世間的生命已經結束，永恆的假期開始了。夢境已經結束，天開始亮了。」

他們一面聽他說著，一面發現在他們眼中，他不再是一頭獅子了；不過事情後來的演變實在太美好，我都不知道要如何形容。對我們來說，這是整個故事的結束，我們可以真摯地說，他們從此以後過著幸福快樂的日子。但是對他們而言，這才是真正故事的開始。他們在這個世界的生活與他們在納尼亞的冒險，都不過是這本故事書的封面與標題。他們現在才要展開偉大故事的第一章，這個故事是任何現世的人不曾聽過的，它可以永恆不朽，它的每一章都會比前一章更精采。

納尼亞傳奇

全紀錄

《納尼亞傳奇》原著小說在地球上
銷售超過 100,000,000冊

英國年度票選 打敗哈利波特
榮登最佳讀物第一名

被翻譯41種以上的語言，
在大人與孩子的讀書計畫中掀起閱讀風潮

★重量推薦

【空中英語教室及救世傳播協會創辦人】彭蒙惠
【靈糧神學院院長】謝宏忠牧師
【名作家】楊照
【名譯者】倪安宇
【基督之家】寇紹恩
【兒童文學作家】林良
【兒童文學工作者】幸佳慧

★攻占各大排行榜

2005 博客來網路書店百大
2005 誠品書店年度童書暢銷排行榜
2006 英國圖書館館長票選必讀童書第一名
2008 英國 4000 名讀者每年年度票選最佳讀物第一名

★全球票房保證電影改編

2005 年 12 月《獅子 ‧ 女巫 ‧ 魔衣櫥》改編電影上演
2008 年 6 月《賈思潘王子》改編電影上演
2010 年 12 月《黎明行者號》改編電影上演

很多奇幻文學的靈感都來自

C.S.路易斯……

航向納尼亞傳奇 1：魔指環

魔法師的外甥

就在他們進入無名的黑暗地，亞斯藍深沉的歌聲響亮，納尼亞，
納尼亞，甦醒吧。
行走之樹，能言之獸，神聖之水，金色大門，青春之果，路燈之柱，
永不熄滅……
所有的人才明白就算大喊魔戒之名，魔法之上有亞斯藍，有亞斯藍。

航向納尼亞傳奇 2：魔衣櫥

獅子・女巫・魔衣櫥

露西、彼得、蘇珊、愛德蒙躲進衣櫥後，
驚奇發現裡面還有另外一個世界！
當他們大膽進入那個下雪的森林，時間和空間整個改變了。
在白女巫的控制下納尼亞王國終年冰天雪地，
一切勝利彷彿屬於邪惡的力量，
四個人類的孩子為了納尼亞的存亡，深陷危險境地。

航向納尼亞傳奇 3：魔言獸

奇幻馬和傳說

兩個人類，兩匹馬兒飛奔之中遇見納尼亞人，
沙斯塔身負重任穿越彎箭河進入亞成地，
將卡羅門大軍準備攻打納尼亞的口信帶給半月國王，
活了一百零九載寒冬的南方隱士指引沙斯塔，
關於身世之謎要在太平盛世的納尼亞揭曉……

航向納尼亞傳奇 4：魔號角

賈思潘王子

賈思潘王子萬不得已吹響柯內留斯博士交給他的魔法號角，
彼得、蘇珊、愛德蒙和露西前一分鐘還坐在火車站月台上，
下一分鐘，四個人全被召喚回到納尼亞王國，
他們一心要拯救古納尼亞王國，
但是米拉茲國王和台爾瑪大軍步步逼近……

航向納尼亞傳奇 5：魔幻島

黎明行者號

黎明行者號航經七個小島，尋找被放逐的七個勳爵；
第一島多恩島，露西愛德蒙都成了奴隸販的階下囚；
第二島龍島，尤斯提睡了一覺竟變成了巨龍；
第四島聲音之島，無法解除醜陋的魔咒；
第五島黑暗之島，在這裡不管惡夢好夢都會成真；
第六島世界盡頭之島，第七島……走向天空之門，
那是淚水和希望之島……

航向納尼亞傳奇 6：真名字

銀椅

姬兒、尤斯提和泥桿兒墜落到不見天日的地底世界，
綠衣女巫的琴弦彈奏魔法對銀椅上的瑞里安王子說：
沒有納尼亞，沒有納尼亞……
亞斯藍告訴姬兒妳必須記住四項指引……

航向納尼亞傳奇 7：真復活

最後的戰役

一千年前以亞斯藍之名的召喚回到納尼亞的七位王者，
進入遜里安的夢境，他們要扭轉混亂廝殺的局面，
要進入一個嶄新的藍天——納尼亞中的納尼亞……

納尼亞傳奇 107

最後的戰役（恩佐插畫封面版）

作　者｜C・S・路易斯
譯　者｜林靜華
出　版　者｜大田出版有限公司
台北市一〇四四五中山北路二段二十六巷二號二樓
E-mail｜titan@morningstar.com.tw http://www.titan3.com.tw
編輯部專線｜（02）2562-1383 傳真：（02）2581-8761
總　編　輯｜莊培園
副總編輯｜蔡鳳儀
行政編輯｜林珈羽
行銷編輯｜陳映璇
校　　對｜黃薇霓
封面設計｜王志峯
內頁設計｜陳柔含
三版初刷｜二〇一九年十一月一日　定價：二五〇元
三版二刷｜二〇二二年一月十九日
網路書店｜http://www.morningstar.com.tw（晨星網路書店）
TEL：04-23595819 FAX：04-23595493
購書E-mail｜service@morningstar.com.tw
郵政劃撥｜15060393（知己圖書股份有限公司）
印　　刷｜上好印刷股份有限公司
國際書碼｜978-986-179-579-9 CIP：873.59/108014432

國家圖書館出版品預行編目資料

最後的戰役／C・S・路易斯著；林靜華譯.
——初版——臺北市：大田，2019.11
面；公分.——（納尼亞傳奇；107）

ISBN 978-986-179-579-9（平裝）

873.59　　　108014432